JN317558

金《きん》の小《こ》鳥《とり》の啼《な》く夜《よる》は

かわい有《ゆ》美《み》子《こ》
ILLUSTRATION：金《かね》ひかる

金の小鳥の啼く夜は

LYNX ROMANCE

CONTENTS

007 金の小鳥の啼く夜は

221 夏の訪れ

239 戯曲

245 夜の王

252 あとがき

金の小鳥の啼く夜は

一章

I

「上手《うま》く取りはからってくれたか？」

「はい、万事仰せのとおりにさせていただきました」

車の窓を少し開け、弟の高塚嘉彬《たかつかよしあき》が劇場支配人と低い声でやりとりしている。

嘉彬の声はひそめられていた。

しかし、英彬《ひであき》と同じで、その声はあえて張り上げなくともよく通る。

深みと華やかさのある美声が今ばかりは災いして、この暗い車内にはかえって響いた。

高塚英彬は眉《まゆ》を強く寄せたまま、自分が黙っていても、こちらにきめ細やかな配慮をみせる弟の声を聞いていた。

「もうまもなく開演にございます。ホールの人も引けました。どうぞお席にお急ぎ下さいませ」

夜会服に身を包んだ支配人は、深々と腰を折った。

その向こうには竣工《しゅんこう》して二年ばかり、今や帝国劇場と並んで帝都の二大劇場といわれる帝国オペラ座がある。

正面玄関の大理石の階段は、煌々《こうこう》とまばゆいばかりの明かりに照らされ、白く輝いていた。

帝都に垂れこめる夜の帳《とばり》の中、白く浮かび上がる建物は、まるでこの世のものとは思えないと、新聞でも大きく取り上げられ、褒めそやされている。

ルネサンス風フランス様式で重厚な造りの帝劇とは対照的に、この帝国オペラ座の造りは優美で洗練されたアールヌーヴォー様式だった。

時は大正二年、日本も西欧列強諸国とも肩を比する文明国たらん証明をすべくという目的のもと、英彬らの父親である高塚房吉《ふさきち》を含む財界人らの出資によって、帝国オペラ座は造られた。

建物は細部にまで意匠が施され、いかにも今時の華やかな美しさを誇っている。

その正面には帝国オペラ座のアールヌーヴォー様式を意識した、今日の演目である『椿姫《つばきひめ》』の巨大なポスターが壁面に大きく掛けられている。

口許に薄く笑みをたたえた黒髪の西洋美女が、白い椿の花束を抱いている横顔に色とりどりの西洋椿があしらわれた大胆な構図は、日本ではまず見られないものだ。

それは半年ほど前に亡くなった高塚房吉が、息子の一世一代の晴れ舞台のためにと、生前わざわざフランスの有名な絵師に依頼して用意させていた、艶《あで》やかな現代風のポスターだった。

英彬は暗い車の中から、そのポスターをひどく冷ややかな、呪《のろ》わしい思いで眺《なが》めた。

「準備はいいようです。行きましょう、兄さん。もうまもなく始まるそうですから」

嘉彬は英彬の方を振り返り、にこやかに声をかけてくる。

「……」

返事をしない英彬をどう思ったのか、嘉彬は車を降りてまわりこんでくる。

運転手が慌てて車を降り、嘉彬に代わって外側からドアを開けようとした。

けれども、嘉彬は運転手を制して自らドアを開け、すらりとした長身をかがめて中を覗《のぞ》き込んでくる。

劇場玄関の明るい照明を受け、嘉彬のよく整った若々しい顔立ちが覗く。

夜会用の盛装である黒の燕尾服《えんびふく》に身を包んだ姿は、浮世離れしたこの劇場の前にいかにも似つかわしく、立派で美しいものだった。

洋装がかなり普及し、上流階級の中には観劇のため、帝国劇場やオペラ座に燕尾服の盛装で足を運ぶ人間が増えてきた。

だが、その姿が西洋人並みに見栄《みば》えするのは、この弟ぐらいのものだ。

嘉彬の貴公子然とした容貌《ようぼう》には、英彬よりも甘さとやさしさがある。

それでも英彬自身の目から見ても、全体的には自分とてもよく似た顔立ちだと思う。

英彬と嘉彬とは、二卵性の双子だった。

一卵性の双子と違って、顔かたちがまったく同じというわけではないが、それでも、顔立ち、背丈、立っているだけで人目を引く華やかさなど、昔からよく似ていると言われたものだった。

否、似ていたというのが今は正しい…、英彬は手にしていた白い子羊革《キッド》の手袋を強く握りしめた。

「…兄さん」

嘉彬は困ったように苦笑した。

英彬の欧行まで非常に仲のよかった弟とは、響く声すらもよく似ている。

顔かたちはひと目で見分けることのできる実の母親や乳母でさえ、二人の声だけはなかなか聞き分けることができなかった。

それをいいことに、二人は互いに話し方を真似《まね》あい、子供の頃《ころ》はよく周囲の人間をからかって遊んだものだった。

「行きましょう、これだけの大がかりで本格的な演目は日本では初めてです。兄さんのためにこれだけの舞台を用意してくれた父《とう》さんの気持ちも汲《く》んで…。気が進まなければ、一幕で帰ればいいじゃありませんか。その時は僕もつきあって一緒に帰りますから」

さぁ…、と嘉彬は英彬のまだわずかに引き攣《つ》りの残った腕にそっと手をかけた。

本場で本格的な声楽、オペラを学んだ初の日本人歌手として舞台に立つこと、それは英彬や父房吉ばかりでなく、この嘉彬も昔から応援してくれていた夢だった。

心やさしい弟が、どれだけ英彬の活躍を心待ちにしてくれていたかは、よく知っている。

今となっては、その夢も潰《つい》えてしまったが…。

「触るな」

「すみません、まだ痛みますか？」

嘉彬は少し困惑したように微笑《ほほえ》み、それでも根気強く、控えめに手を差し出して待っている。

しかし、気の立っている英彬にとっては、今はそんな嘉彬の心遣いすら煩わしかった。

英彬は苛立《いらだ》ちながらも、顔の左半分を覆った仮面に触れ、執拗《しつよう》にずれがないかを確かめる。

そんな偏執的ともいえる確認の必要もなく、英彬のくっきりと彫りの深い顔立ちに合わせて職人が丹念に作り込んだ黒の革製の仮面は、まるでもう一枚の皮膚のようにぴったりと顔の左半分を覆っていた。

その吻合性《ふんごうせい》ゆえに、この仮面を付けると息苦しく、視界も極端に狭まる。黒い革で作られているだけに、見てくれも異様なものだ。

それでも、煩わしいばかりのこの仮面なしには、今の英彬はとても人目のあるところには出られない。

嘉彬はそれ以上口を出すこともなく、おとなしく英彬の確認がすむのを待っている。

英彬は婦人の身繕いのように時間をかけて仮面の装着具合を確認したあと、ようやく顔を車の外へと振り向けた。

黒の光沢あるエナメルのオペラ・パンプスを踏み出す。

嘉彬の隣では、劇場支配人がさらに深々と頭を下げた。

そのお辞儀の深さは、高塚家のこの劇場に対する貢献度に比例したものだ。

それと同時に、英彬の顔を直視しないための自衛行為でもあるように見え、夜の濃く暗い影のように車から身を滑らせた英彬は、冷ややかに支配人を見下ろす。

劇場の明かりに浮かび上がった、英彬の仮面に覆われていない右側の顔は嘉彬同様に、貴公子然としていて美しい。

燕尾服で盛装したその姿は、かつて若く華やかで見目よい容貌を、嘉彬と共に『高塚の若殿』と並び称された頃のままに整ったものだった。

立っているだけで周囲の視線を一身に集めるほどの長身も、いまだ変わりない。

しかし、英彬にとっては逆に今、表に出るだけで必要以上に注目を集めるこの身が、逆に人々の好奇を煽《あお》ることとなり、仇《あだ》となってしまっていた。

英彬は神経質なまでにずれを確かめていた異様な仮面をつけた顔を、今度は逆に誇示するように傲《ごう》然《ぜん》と上げる。

そして、嘉彬と共に劇場の白大理石の正面階段を上がっていった。

恐ろしげな西洋の魔物の顔が柄に彫り込まれた長い黒曜石の杖《つえ》が、コツリ、コツリと一足ごとに突かれる。

英彬はその杖と、強烈な意志力と恵まれた体格によって、階段を上る時のわずかに左足を引きずる揺れを制し、抑え込んでいた。

そのため、本当に注意深く見守っている者にしか、英彬が足を引きずっていることはわからなかった。

赤絨毯《じゅうたん》の敷き詰められたホールは、開演の案内を終えてすでに人気がない。

そこに支配人同様、英彬の顔を直視することを恐れるかのように、揃《そろ》いの臙脂《えんじ》に金ボタンの制服に身を包んだ係員達《たち》が深く頭を下げて待っていた。

人に仇《あだ》なす魔物や邪神、疫神を畏《おそ》れ遠ざける儀式のように、係員達は英彬の顔から視線を逸《そ》らし、床に着かんばかりに頭を下げている。

内心はとにかく、上っ面だけを取り繕おうとする人々の様子に、英彬の胸にこれまで何度となく反復してきた凶猛な憤りが再び蘇《よみがえ》ってくる。

獣のような吠《ほ》え声を上げ、英彬の姿から目を逸らそうとする者達を散々に責め苛《さいな》んでやりたい衝動に駆られる。

憤りのあまり、一人ずつ肩を強く揺さぶり、叫んでやりたい。その背中が曲がるまで、杖で強く打ちつけてやりたい。

この姿から目を逸らし、英彬の容貌を蔑《さげす》み、疎《うと》む者達に、自分がのたうち、悶《もだ》え苦しんだのと同じだけの痛みを与えてやりたい。

災厄《さいやく》はお前達のすぐ後ろにも、手ぐすね引いて待っているのだと教えてやりたい。

仲良く育った双子特有の勘《かん》で、そんな英彬の内側に渦巻くどす黒い感情に気づいたのか、嘉彬が気遣わしげにこちらを見てくる。

英彬はその視線に気づかぬ振りをした。

自分が内心では深く傷ついていることは、弟にも悟られたくなかった。

いっそのこと、誰《だれ》の同情や憐憫《れんびん》も必要としていないのだと思われた方がましだった。

やり場のない怒りを抑え込むため、大きめの口許をぞっとするような形に歪めながら、英彬は赤い絨毯の上を進む。

もう幕が開く直前らしい。

あのもの哀《がな》しい前奏曲《ぜんそうきょく》が始まっている。

弟と共に、用意された舞台正面の二階ボックスシートへの階段を上がりながら、英彬は何度となく聞いた旋律を無意識のうちに頭の中で追っていた。

曲はやがて甘いメロディに変わり、じきに幕が開くことだろう。

明るく賑《にぎ》やかなパーティー曲へと転じて幕が上がると、そこには夢のような十九世紀の華やかなパリのサロンがある。

日本ではまだ誰も目にしたことのない、大がかりで本格的なセット、一流のオーケストラだ。

出演者らの豪華な衣装に人々は息を呑《の》み、目を見張るに間違いない。

そこで、あの乾杯の歌が始まる。

あの有名な、あの胸が沸き立つような歌、誰もが一度聞けば覚えられる明るく印象的なメロディ。

純情で生真面目《きまじめ》な青年アルフレードが、高級娼婦《しょうふ》のヴィオレッタに本気で愛を語ろうとする歌…、そして、英彬の日本での舞台デビューにふさわしい夜を、華やかに飾るはずだった歌…。

英彬は今、自分を取り巻く全世界を呪《のろ》っていた。

何もかもが音を立てて崩れ去ってしまえばいい。

この世のありとあらゆるものが、すべて幻であったかのように朽ち果ててしまえばいいと…。

II

幕間《まくあい》の休憩時間、劇場の雑用を務める、まだ十歳の菊川雪乃《きくかわゆきの》はカーテンと柱の陰に隠れるようにして、その若い青年ら三人の話し声を聞いた。

「すごいね、こんなに素晴《すば》らしい舞台は見たことがない。主役の二人はもちろん、セットもオーケストラも衣装も出演者数も、何もかもが桁《けた》違いに凄《すご》い」

吹き抜けになった広いロビーを見下ろす二階の手すりに身をもたせかけているのだろう。観《み》たばかりの物語の余韻にか、やわらかな声質の持ち主が少し興奮した様子で言った。

「欧州ではこんな本格的なオペラが日常的に上演されているんだろうか？　まるで夢みたいな世界だね。言葉はわからなくても、どんどん物語に引き込まれてしまう。夢物語だと思っていても、胸が揺さぶられる」

どこぞの御曹司らなのだろうか。声の印象からまだ十代半ば程度に思える。

いかにも頭のよさそうな話し方なので、学生かもしれない。

今日は第一高等学校の詰め襟《えり》もいくつか見られると、さっき切符もぎの兄さんが言っていたので、芝居好きの一高生なのだろうかと雪乃はかすかに首をかしげた。

最近、一高内では芝居観賞が流行《はや》っているらしい。この帝国オペラ座のチケットはけして安価なものではないが、一高生にはそこそこの出自の生徒も多いと聞く。

一等席はとにかく、二等席、三等席なら、そう無理なく買えるのかもしれない。

そのすぐかたわらで、不思議そうな声が呟《つぶや》く。

「主演のアルフレード役、僕がチケットを買った時には日本人だったはずなんだが…」

さっきの声よりは低い。どこか頑《かたく》なな潔癖さの覗く声だと雪乃は思った。

「イタリア人だったね」

これまでの中で一番低い声が、穏やかな口調で答える。

声そのものが、二人よりも高い位置から聞こえる。多分、背が高くて体格のよい相手だ。声と話し方を聞く限り、気質もおおらかに思える。

雪乃は声と話し方とで三人の様子を推察する。

たとえ違っていたとしても、小さな雪乃にはそれを確認する術《すべ》もない。

「でも、プログラムはこのイタリア人の名前で作ってあるよ。こういうのは、日本人よりも本場の歌手の方がやっぱり巧いんじゃないのかな？」

ほら、と最初のやさしげな声が、邪気もなく尋ねている。

「僕はオペラに関しては素人だけど、今日のアルフレードに不足があるようには思えなかったよ。プリマドンナも外国人なんだし、互いに釣り合いがとれていいんじゃないか？」

それに答えたのは、二番目に聞いた声だった。

「僕がこのチケットを買った時、主演は洋行して向こうで声楽の勉強をした日本人だという話だったんだ」

「日本人？」

「ああ、洋行する前に、一度、オーケストラをバックにシューベルトの『魔王』を歌っているのを見たことがある。ハイバリトンって聞いたんだけど…、凄い声の持ち主でね」

どこか突き放したような冷たさのある声が、当時を思い出したのか熱心に言いつのる。

「まだ荒削りな部分もあったけど、それ以上に恐ろしく傲慢で自信に満ちていて、圧倒的な力を持つ魔王の魅力を十分に表現してた。今も、強大な力を持った魅惑的で気まぐれなあの魔王が忘れられない…」

声の淡泊さとは裏腹の、熱っぽさや情熱が不思議だった。

「声も凄いが、表情や仕草もとても魅力的だった。身体《からだ》の開き方、腕の広げ方、下手な役者よりも達者な表情で、目の前の観衆をぐんぐんと自分の歌の世界に引き込んでいく。容姿も日本人離れして、立派で優れていた。若くていかにも傲慢そうで自分の実力と美貌に酔いしれた…、それでも怖いぐらいに魅力的な歌手だった」

青年は周囲が口を挟むことすら難しくなるほど、熱心に話し始める。

「本当の芸術家っていうのは、ああいう人をいうんだと思う。本当に凄いんだ…、歌声と己の身体ひとつだけで、否応《いやおう》なしに周囲の人間を自分の世界に引き込んでゆく…」

言葉が途切れがちになるのは、少しでも表現に適切な言葉を探ろうと考えているからなのか。

表現が難解で、幼い雪乃には語っている内容の半分ぐらいしかわからない。

「洋行したと聞いて、なるほどと思った。彼ならば絶対に西洋の歌の技巧を完全に自分のものにして、さらに円熟味を増して帰ってくる。けして欧州の歌手にも引けをとらないほどの見事なオペラ歌手になって帰ってくる。そうなったときのあの声がもう一度聴いてみたくて、今日もこの舞台を奮発したんだけどな…」

「正直、がっかりした？」

最初のやさしい声がからかうように尋ねている。

熱心に語っていた青年は、肩をすくめたようだ。

「…僕はもう一度、あの鳥肌立つほどに凄い声を聴きたかったんだよ」

子供のようにあどけなくもある言い方でぽつりと言うと、青年は溜息《ためいき》をついた。

不思議な話…、と天鵞絨《ビロード》のカーテンの陰で雪乃は思った。

今日の主役が日本人だったとは聞いてもいなかったが、何かの勘違いなのだろうか。

配役が変わってしまったと、さっきの熱心な信奉者をがっかりさせるほどの凄い歌手なら、雪乃自身も一度は聴いてみたいけれども…。

でも、そんなおかしな話はまだ聞いたこともない。

用事を言いつけられて外に出たものの、幕間前に中に戻り損ねた雪乃は、じっと柱の陰で青年らの声を聞いていた。

高級娼婦と青年との叙情的でもの悲しい悲恋に胸打たれ、幕が下がった後しばらくも、しばらく劇場内は深い溜息《ためいき》とすすり泣きで埋め尽くされた。

やがてはそれを圧倒する拍手が劇場一杯を満たした。

人々は、本場さながらの素晴らしいオペラの余韻に酔っているようだった。

何度もカーテンコールが繰り返された後、まだ夢から冷め切らぬような興奮で浮かされたまま、人々は劇場を後にしてゆく。

ざわめいていた人々の波が引くと、夢のひとときが終わったがらりとした劇場には、後片付けの係員が何人か残るだけとなった。

そんな中、雪乃は壁づたいに飾り窓を探り、手にしたフックつきの長い棒の先でひとつずつ鍵《かぎ》を閉めてゆく。

「お先にね、雪乃ちゃん」

器用に手探りで高所の窓を閉める小柄な雪乃の背中に、化粧を落としたバックコーラスの女達がいつものように声をかけてくる。

「おやすみなさい、姐《ねえ》さん達」

雪乃はまだ幼い顔を少し振り向け、女達に頭を下げた。

「おやすみ、また明日ね」

「早く帰んのよ、あんた、まだ小さいんだからね」

普段、歳の離れた弟のように雪乃をかわいがってくれる劇団の女達の声が次々とかかる。

雪乃は歳には不似合いな分別のある笑みを浮かべたまま、それを受けた。

団員用の寮は男女別なので寝るときは別の部屋だが、昼中のほとんどの時間を共に過ごすため、女達は雪乃にとって家族も同様だった。

その声を聞けば、誰が声をかけてきたのか雪乃にはちゃんとわかる。

劇団員なので女達は舞台の上で巧みに声音を使い分けることもあるが、それでも雪乃には声の張りや話し方、息継ぎの仕方などで正確に一人一人を聞き分けることができた。

さっきの役はフサエ姐さんだったでしょう、などと当てると女達は喜び、きまって雪乃に飴《あめ》などのお菓子を握らせてくれた。

女達が出て行くまで、顔を振り向けたそのままの姿勢で律儀に一人ずつに会釈して送った雪乃は、再び飾り窓を閉める作業を始める。

今日の舞台は大盛況だった。

幕間の休憩時間以外は、雪乃も照明の横で舞台のあらかたを聴いていたが、あんなに豪華で本格的な舞台はこれまで経験したことがない。

主役の二人には本場イタリアから呼んだオペラ歌手を使い、大々的にオーケストラを入れた歌劇は日本初の規模だと聞いた。

何でも劇場支配人に関係したお金持ちの後援者が、今回はずいぶん熱心にお金を注ぎ込み、舞台への指示を出したのだという。

大道具などの舞台装置の準備にも、入念に時間をかけていた。

リハーサルも何度か聞いたが、規模も関係者の数も普段とは桁違いだった。

男女の機微などがまだわかる歳ではなく、また、自分がその舞台を踏むわけではなかったが、あまりの熱気と盛り上がりとに、雪乃自身も今日のこの日をずいぶん楽しみにしていた。

素敵な舞台だった、ほんの少し不思議な話を聞いたけれども…、と雪乃は聞き覚えたメロディラインを小さく口ずさみ、まだあの夢のような世界の余韻に浸りながら、手で壁の柱を数えながら残りの窓を閉ざしてゆく。

窓のほとんどを閉ざし終わった時、ふいに人気のない場内に誰かの声を聞いたような気がして、雪乃は足を止めた。

…誰かが歌ってる…？

雪乃はまだ細い首をゆっくりとかしげた。

深い、よく響く男性のなめらかな声が、とっくに明かりを落としたはずの劇場内から響いてくる。

この曲は…、雪乃は思った。この曲は今日の一幕目、冒頭の歌だ。

だが、あの時歌っていた外国の男性歌手の声よりはさらに低く、若々しく、そしてもっともっと華やかで魅力あるものだ。

楽しげに、無理なく上へと高らかに伸びる声は、同じ男である雪乃が聴いてでさえ、うっとりと溜息が出るほどに美しいものだとわかる。

雪乃はこの歌を聴いて、あの幕間の青年の話を思い出した。

あの青年はきっと、この声の持ち主について話していたのだ…、雪乃は直感的にそう思った。

なぜ、今、ここで…、と思うより先にもっとこの声を聞きたくて、雪乃はそっと手探りでホールの重い扉を押した。

その瞬間、圧倒されるほどに豊かな声に包まれ、雪乃は全身総毛立ち、その場に立ちすくむ。

間違いなく舞台から聞こえてきているのに、天上から響いてるのではと思わせるような、艶《つや》やかになめらかな深みのある声。

清潔さの裏一枚のところに蕩《とろ》けるような甘やかさの潜んだ、一度聞けば二度と忘れられない、圧倒的で迫力ある美声。

まだ幼い雪乃には官能という言葉はわからなかったが、身体の深部がぞくぞく疼《うず》くような男の声には、全身が震えた。

恐ろしいようで残酷なまでに甘い声に捕らわれ、息つくことすら忘れてしまう。

もっと歌って欲しい、もっとその声を聞かせて欲しい…、雪乃はそっと場内へと足を踏み入れた。

「誰だ?」

ふいに歌声は止《や》み、厳しく咎《とが》めるような声が飛んできた。

歌声よりもさらに低く深い、痺《しび》れるほどの冷たさをはらんだ男の声は、さして張り上げた様子もないのに雪乃のほうへと鋭い鞭《むち》のようにまっすぐに飛んできた。

「…あ…、あの…」

雪乃は立ちすくむ。明かりを落としたはずの舞台に明かりがついていることは感覚的にわかるが、雪乃には舞台の上にいるはずの男の姿は見えなかった。

「…子供か?」

乾いた笑いを含んだ男の声が呟く。そんな低い呟きでさえも、男の声はよく響いた。

男が舞台をゆっくりと降り、雪乃のほうへとやってくるのがわかる。

雪乃は相手の様子を探る時にいつも無意識のうちにそうしているように、わずかに首を左に傾け、この婀娜《あだ》っぽくさえある声の持ち主の気配に耳をそばだてる。

重めの衣擦《きぬず》れの音…、上質の毛織物に近い…、裾《すそ》の長い服をまとっている気配。近づいてくる足音の重さ、その歩幅の間隔からまだ若い男だとわかる。二十五、六歳ぐらいだろうか。多分、三十歳にはまだなっていない。

すらりとした体格のいい男だ、姿勢もいい。

雪乃は急にこの男の前で、冴《さ》えない木綿の着物を着ている自分が気恥ずかしくなって、もじもじと指先で袖口《そでぐち》を引っ張った。

雪乃はまだ幼いし、裏方役でもあるため、ホールの係員のように金色にぴかぴか光る真鍮《しんちゅう》のボタンのついた制服は着せてもらえない。

シャンデリアの光にもきらりと映えるように、真っ赤なチョッキに金のボタンが光っているのさと、案内係の啓太《けいた》兄さんは言っていた。

せめて啓太兄さんが自慢していた、あのぴっかぴかのボタンがついた赤のベストを着ていたら、もう少し見栄えがしていたかもしれないのにと、妙に恥ずかしかった。

「お前…」

誰かの指が雪乃の顎《あご》を引っかけ、上を向かせた。

よく鞣《なめ》された、ひんやりとした高価そうな革の手袋の感触と同時に、ふわりと気持ちのいい上品な香りがする。相当に身なりのいい人なのだろうかと雪乃は思った。

とても背の高い男《ひと》だ、声が頭のかなり上方から響いてくる。胸が震えるほどに恐ろしい、残忍なほどに魅惑的な声。

魔王の声。

ふいに、あの学生らしき男の言葉が蘇った。

その魔王の声の調子が、ふと和らぐ。

「お前は目が見えないのか？」

雪乃は伏せていた目を男の顔があるはずのあたりまで上げた。

「…そうか…」

男は口許で笑い、雪乃の顎から手を離した。

「見えないのか、私の姿が…」

つぶやきの中にどこか諦《あきら》めたような、悲しげな響きがその口調から聞き取れた。

男は踵《きびす》を返し、雪乃の前から離れる。

「…歌って」

雪乃はその男の背中に向かって言った。

「お願い、もっと歌って」

男が振り返るのがわかった。

気配だけだったが、振り向いた男の顔は少し驚いているようだった。

「この私に…もっと歌えと？」

「うん、もっと歌って。あなたの歌は、今日歌っていた主役の人よりもずっとずっと凄いから…、とても凄いから…」

男が雪乃の前に戻ってくる。少し微笑んだ気配がした。

見えたわけではなかったが、さっきまでの笑いとはどこか違った、もっとやさしげな笑い方に思えた。

「お前の名前は？」

「雪乃…、菊川雪乃」

雪乃は小さく答えた。

最近、帝都の治安もよろしくないので、知らない人と気安く口をきいてはいけないとまだ幼い雪乃の身を案じる姐さん達に言われてはいた。

だが、目が見えないと、劇場関係の人間以外とは親しく話す機会もない。

知らない人間は、目が見えないというだけで何となく雪乃とは距離を置く。同じように誰かと並んで立っていても、あるいは雪乃の方が側にいたとしても、雪乃以外の相手を選んで話しかける。

だから、見知らぬ人間であっても、誰かに話しかけてもらえることが雪乃には嬉《うれ》しい。

小さな雪乃がここにいると、目が見えなくとも、雪乃は確かにここにいるのだと認めてもらえたようで嬉しい。

それに神をも魅了するほどの声、こんな素晴らしい歌を歌える人間が、けして芯《しん》から悪い人間であるはずがないと思った。

たとえ魔王と呼ばれようとも…。

「女のようなやさしい名前だな」

揶揄《やゆ》するわけでもなく男は呟くと、そっと手を伸ばし雪乃の頭を撫《な》でた。

「朝から雪がひたすら降って、それが白く積もった日に生まれたからだって。雪以外の名前なんか、思いつかなかったって」

昔、母親が言って聞かせた名前の由来を、雪乃は告げる。雪乃の中でもうおぼろになりかけた、数少ない母親の記憶のひとつだ。

「いかにもこの可愛《かわい》らしい、少女のような容姿に見合った名前だ。歳はいくつだ？」

「…十歳」

「私のことは秘密にできるか？　私の存在を…、私がここで歌ったことを、誰にも言わないと誓えるか？」

「約束？」

「そうだ、約束できるか？」

「できます」

雪乃は生真面目に唇を結び、男の顔のあたりへと視線を上げた。

「いいだろう」

男は微笑み、雪乃に向かって手を差し出した。

雪乃が戸惑うと、手袋をはめた手が雪乃の手首をつかみ、引く。

男はそのまま雪乃を、観客席の中程へと連れていった。

「ここに座るといい。この劇場はここが一番、音がよく聞こえるようにできている」

男はこの劇場について、雪乃以上によく知っているようだった。

男は雪乃が観客としてはおそらく一生座ることのできないほどの高価なシートに座らせると、自分は再び舞台へと向かった。

「お前のためにとっておきの歌を聴かせよう。今宵《こよい》がこの劇場で一番のステージとなるように」

男はステージに立つと雪乃に向かって言った。

やや大仰にも聞こえる言い回しだったが、それはどこか不遜《ふそん》な響きもあるこの男の声に実によく似合った。

「『主は我が飼い主』も歌ってくれる？」

雪乃はステージの男に向かって控えめに問いかける。

「主は我が飼い主…？　…賛美歌の？」

意外そうな問いが返ってくる。

クリスチャン以外のものはほとんど知ることのない歌を、男は知っているようだった。

「そう。前に横浜の施設でずっと歌ってたの。一番好きな歌なの」

見えたわけではなかったが、舞台の上で男が肩をすくめたような気がした。

「…実に珍しい要望だが、受けてもいい。ただし、私が知っているのは英語の歌詞だ。日本語の歌詞は知らない」

「あなたは外国の人なの？」

「日本にはまだない歌をよく知っているだけだ」

男から帰ってくるのは不思議な答えばかりだ。

よくわからないが、やはりどこか外国の人なのかもしれないと雪乃は思った。

ならば、顔も名前すらも知らない雪乃の父親と同じだ。

だが、この人は父親という印象とはほど遠い。

歳のせいか、話し方のせいか、それともこんな雪乃の願いにまともに応《こた》えてくれようとしているせいなのか…。

「何を歌うの？」

雪乃はステージに向かって声を投げた。

「そうだな、まずは『なんと美しい絵姿』だ。歌劇『魔笛』の中で、さる国の王子が夜の女王の娘の美しい絵を見て歌う歌」

男の声は、まっすぐに無造作に返ってくる。だが、その言葉はまるで歌でも歌うようになめらかに響いた。

「さる国の王子って、誰のこと？　夜の女王って」

「さる国とは、エジプトという中東の国をモデルにした遠い昔の架空の国だ。王子は夜の女王の侍女達から娘の姿を見せられ、一目惚れしてしまう。女王は娘を捕らえている悪人から娘を取り返してくれれば、娘をやろうと王子を誘う。だが、実のところ、女王は非常に邪悪な企みを持っている」

男は一応、子供にもわかるようにか、噛《か》み砕いて説明してくれる。

「とりあえず、そんな能書きはいいから、少しは黙って歌を聴いたらどうなんだ？」

呆《あき》れたような男の声になるほどと頷《うなず》き、雪乃は生真面目な表情で姿勢を正し、拍手をする。

そして、舞台の様子にじっと耳をそばだたせた。

一呼吸あって、しなやかな衣擦れの音が舞台の上で上下した。

男が深く腰を折って一礼したのか…、雪乃の目には片腕を広げ、もう片方の腕を胸に当てて、優雅に身を折る男の姿が目に浮かんだ。

誰もいないせいか、静まりかえったホールではほんの些細《ささい》な衣擦れの音までが逐一、拾い上げたようにすべて聞こえてくる。見えない雪乃にも、舞台にいる男の様子が実際につぶさに見えるようだった。

たった一人、雪乃を前にして、雪乃のためだけに歌われる特別なステージだ。

何という贅沢《ぜいたく》なのだろうと、まるで夢でも見ているようだと、雪乃は頬《ほお》を上気させる。

そうだ、夢を見ているのかもしれない…、と雪乃は夢の中でも視界のない世界で、目をさまよわせる。

歌は何の伴奏もなしに静かに始まった。

まるで子供を寝かしつけるように、やさしく甘い声で伸びやかに、絵筆一本で夢の国の物語を織りなそうとするかのように、男は歌い始めた。

耳慣れぬ異国の言葉の初めて聞く旋律だったが、それはすぐにうっとりするような世界に雪乃を引き込んだ。

雪乃は息を呑む。男の歌声が力を持ち広がってゆくにつれて、艶《あで》やかな彩りが、華やかな色彩が、その男の歌声ひとつでまるで絵本のように鮮やかに開かれていく。

目には見えなくとも、華やかな遠い空想の国、豊かな色彩に満ち溢《あふ》れた夢の国が、劇場内いっぱいにみるみる織り上げられてゆくようだった。

「…神様」

雪乃は呟き、唇に指を押し当てたまま、身を震わせた。

「…神様…」

知らず、涙が溢れた。

こんなに鮮やかな世界があるだなんて…、こんなに素晴らしい物語を聞かせてくださるなんて…。

豊かな深い声が、天井から降り注ぐように雪乃の身を押し包む。

まだ経験したこともない感動と官能とにうち震え、雪乃は両手を握りしめてすすり泣いた。

これ以上聞いていると、どこかに攫《さら》われてゆきそうで恐ろしい。

そのくせ、あまりの甘美さに恍惚《こうこつ》と酔いしれうっとりといつまでも身を浸していたいような魅惑…。

これまで経験したことのないいくつもの波に身を震わせ、ただただ雪乃はその場に身をすくませていた。

そして、男が次々と歌い出す華やかな、そして時には怖いぐらいに禁欲的な世界に翻弄《ほんろう》されていた。

「どうした？」

コツコツと舞台から降りてきた男に声をかけられたときも、まだ雪乃は呆然《ぼうぜん》と座っていた。

男は最後に約束通り、『主は我が飼い主』で締めくくってくれた。

ごく短い曲で、確かに異国の言葉だったが、胸に染み入るようなその深い声は、いつまでも雪乃の中に谺《こだま》している。

そう、確かにそれは雪乃の知る『主は我が飼い主』だったが、まっすぐに雪乃の心に飛び込んできた。これまで聞いていたどの歌とも違い、そしてどの歌よりも胸に響いた。

「拍手はいただけないのかな？」

男の声に、雪乃は泣き濡《ぬ》れた顔をぼんやりと上げる。

「なぜ泣く？」

これは…、と雪乃は濡れた頬を強引に着物の袖で拭《ぬぐ》った。

「…あまりにあなたの歌が凄くて…、なぜか知らないけど勝手に泣けてきて…」

「それはまた、この上ない褒め言葉だな」

男は低く笑うと、淡々とした言葉とは裏腹のやさしい仕種《しぐさ》で、まだ湿った雪乃の頬を指先で丹念に拭った。

その指のやさしさのせいか、鞣した革の感触もさっきとは違ってひんやりとは感じられなかった。

「また、ここに来てくれる？　また、僕に歌を聴かせてくれる？」

「それはどうかな？」

雪乃はきゅっと唇を噛《か》む。

「お前が約束を守るなら。私のことを誰にも言わないと約束するならば」

雪乃は男の方へと手を伸ばした。手探りで男の手を探そうとすると、革の手袋をはめたままの男の手がその小さな手を取った。

「約束するから。…僕、子供のくせに口が固いって姐さん達にも言われてるんだ」

「その姐さん達にも内緒にできるなら…」

男は甘く蕩《とろ》けるような声で、雪乃の耳許で囁《ささや》く。

雪乃は夢中で頷いた。

「…ねぇ、あなたのお顔を見せて」

雪乃は普段は伏せたままの目を開き、懸命に男の顔を見上げた。

「お前の目は美しいな…、どこまでも濁りがない。閉ざしているのが惜しいほどだ」

男は低く呟いた。

名も知らぬ異国の父親に似た青さを指摘されることはあったが、濁りがなく美しいといわれたのは初めてで、雪乃は今、歌がなくとも無性にこの男を好きだと思った。

「この目に光は見えるのか？」

男は最初に雪乃にしたように指の先で雪乃の細い顎を持ち上げ、息がかかるほど近い位置で上から覗き込んでくる。

しげしげと、まるで医者が患者を診るような熱心さで、男は雪乃の目を注意深く観察しているようだった。

「光は…、明るい暗いだけならわかります」

雪乃はまるでそうすれば男の顔を見ることができるかのように、自分の顔を覗き込んでくる男の顔を一心に見上げた。

「見えなければ不便だろうに、その幼さでもうここで働いているのか？」

男は雪乃の身なりから、今日シートを埋めた観客ではないことは容易に察していたらしい。

「見えなくても音を聞けば、この劇場の中のことならたいていのことはわかるんです。姐さん達にも、よく驚かれるんです。雪乃ちゃんは、耳で見てるみたいだねって」

「だが、その目でどうやって私の顔を見る？」

「指の先で辿《たど》って…」

雪乃が男に手を捕らえられたままの指を伸ばすと、なるほど…と男の手は雪乃の指先を捕らえ直し、雪乃の伸ばした側とは逆の方へと導いた。

人肌の暖かみが雪乃の指先に触れ、すぐにそれは若い男の頰だとわかった。

「…温かい」

雪乃の呟きに、男の口許から失笑が漏れる。

「当たり前だろう」

雪乃は指先に感覚を集中し、男の手に導かれ、助けられるまま男の輪郭を辿《たど》る。

「あまりに凄い声だから、あなたは天使様なのかと思った」

魔王ではなく、もっともっと気高く神々しい…と、雪乃は自分のまだ数少ない語彙《ごい》の中で、男にふさわしい言葉を捧《ささ》げた。

男の頰は声もなく笑う。

その鼻梁《びりょう》は高く日本人離れしてまっすぐで、輪郭は力強く引き締まっている。

額は広く秀で、口許は大きく、唇の形はくっきりとしていた。眼窩《がんか》も深く大きい。

瞼《まぶた》はすっきりとした二重で睫毛《まつげ》は長いが、瞳《ひとみ》自体はただ大きいばかりではなく、すっとした切れ長だった。その瞳はさぞかし力強い光を宿していることだろう。

「綺麗《きれい》な顔…」

男にそっと膝《ひざ》の上に手を戻されながら、雪乃は呟いた。

男のはっきりとした誇り高く美しい顔立ちは、まだ目の見えたずっと幼い頃《ころ》にシスターが見せてくれた、書架に納められた古い図録の中の天使画にも似ている。

今も時折、たった一度きり見ただけのあの絵を思い出す。

それほどに幼い心にも鮮烈な絵だった。

力と智《ち》とを司《つかさど》る天の軍団を率いる天使、やさしいばかりでなく、悪魔《サタン》とも対峙《たいじ》する気高い強さと力、怖ろしさを持った天使…、そう教えてくれたシスターはあの時、あの御使《みつか》いをなんと呼んでいただろうか。


「天使など…」

男が漏らしたその低い一言には、恐ろしい憎悪にも似た冷酷な響きが宿る。

「でも…、あんなに凄い歌を歌えるなら…、それにこんなに綺麗なお顔の持ち主なら…、きっと神様はあなたを愛してくださる」

教会に付属した慈善児童施設で幼い頃から育てられた雪乃は、男の口にする神への冒瀆《ぼうとく》が恐ろしくて、男の腕を押さえ首を横に振って必死に言いつのった。

天使の中には堕落して天国を追放された者がいるというが、この男の恐ろしげな一面はそんなゾッとするような存在も象徴しているように思えた。

それでもこの歌を聴けば、きっと神様もお怒りを解いてくださるだろう、雪乃にはそう思えた。

「それはどうかな」

冷ややかな男の声はまだ冷酷さを宿していたが、さっきのような全世界を敵に回したような憎悪はないように思えた。

「…天使というなら、お前こそそうだ」

男は低く呟く。

またあの大きな手が雪乃の頬を撫でた。

だが、今度は愛おしむように雪乃を撫でてくれたその革の手袋の感触は、人肌のように温かなものに思えた。

「この世には…、まだ信じられないほどに無垢《むく》な存在があるものだな」

男のあまりに低い言葉の呟きは、雪乃にはほとんど聞き取れなかった。

雪乃はそれでも、わからないなりに首を少し傾け、男の語る言葉の意味を理解しようとする。

この男の語る言葉を、何ひとつ聞き逃したくはなかった。

「約束しよう、雪乃。お前が約束を守る限り、私はまた明日もその次の日もここへ来て、お前のために歌おう」

雪乃は小さく息を呑む。

「…本当に？」

「ああ…、約束しよう」

「なら、僕は毎晩、ここで待つよ。ホールの大時計が十二時の鐘を打つまで、ここで待ってるよ」

男が毎晩、この舞台に現れてくれるという信じられないような幸福に胸ふるわせて、雪乃は微笑んだ。

雪乃のようなちっぽけな存在のために、毎晩、この舞台を訪れてくれるという男の背には、やはりきっと真珠色に輝く、強く大きな一翼の翼があるに違いない。

たとえ魔王のようと言われようと、こんなに強く美しい、そしてやさしい人はいない。

雪乃は幼いなりに、そう考えた。

二章

I

高塚英彬は昼中だというのに、部屋のワイン色をした重い天鵞絨《ビロード》のカーテンをほとんど開けることもなく、広い自室でピアノを前に座っていた。

ピアノはローズウッドの外装を持つスタインウェイだ。

かつて英彬のために、父の高塚房吉がわざわざニューヨークから運ばせた逸品だった。

子供の頃から抜きんでいた英彬の音楽の才は、趣味人だった父を喜ばせ、高塚家の誉《ほま》れとまで言わしめたものだった。

高塚家はいまや財閥家として有名な富豪だが、芸術を愛した父は一族から芸術家を輩出することを夢としていたようだ。

名家というわけではなかったが、高塚家といえば江戸の頃より二百年以上続いた豪商だ。

特に英彬の父の房吉は、商才に恵まれた男だった。もともと幕末の御用商人のひとつであった高塚家を、明治維新を跨《また》いで国の産業の一翼を為《な》すとまでいわれるほどにした。

今は銀行、商社に加えて、紡績業までが高塚家の下にある。高塚家が財閥と呼ばれ、英彬や嘉彬が『高塚家の若殿様』と呼ばれるのはこのためだ。

子供時代の英彬や嘉彬は、学校では華族らと机を並べ、家に帰れば下手な華族よりもよほど豊かな暮らしをして過ごした。

そんな父親によって、英彬は嘉彬と共に幼い頃から学問の他《ほか》、音楽、文学、絵画の専門的な師を呼び、指南を受けてきた。

そんな中、英彬の音楽に関する才能は突出しており、特に歌に関しては持ち前の声のよさもあって、師も舌を巻いた。

逆に弟の嘉彬はバランスよくすべてをこなす分、何も突出したものがないと父に溜息をつかせたが、逆に父房吉に似て、商才に関しての分が英彬よりもあることは間違いなかった。

英彬と嘉彬はこれで二人、互いにないものをよく補い合っている双子だった。

英彬は昔から好き嫌いがはっきりしており、何事もはっきりと白黒をつけるのが好きだ。

逆に嘉彬は英彬とは対照的に、穏やかで友好的だった。

その分、互いの考えていることもよくわかるし、常に望むものが異なるために仲も悪くなかった。

嘉彬が英彬と似た性格なら、おそらくとうの昔に二人は対立していただろうと、英彬は明るい窓の外へと目を向ける。

明かりを入れるためにわずかに十寸ほどカーテンの開けられた窓からは、高塚家のよく手入れされた広大な庭の一角だけがかろうじて見える。

使用人の内村《うちむら》以外には、ほとんど誰も入ってくることのない部屋だった。

英彬は自分の醜く変貌した容貌を照らし出す昼間の明るい光を嫌い、日本に帰ってきてからというもの、一日の大半をこの暗い部屋に閉じこもって過ごしている。

英彬は二十歳の頃より数年間、音楽の本場ともいわれるウィーンに留学した身だった。

そして、留学先のウィーンの音楽院でも、めきめきと頭角を現した。

日常会話のオーストリア語などは少々おぼつかないところがあったが、天与の深みのある美しい声は当時から『黄金の声』と呼ばれていた。

留学直後は荒削りだった技巧はたちまち磨きを増し、日本人ながら成績は声楽科の中でも常にトップクラスだった。

しかし、『黄金の声』の持ち主と呼ばれていても、本来ならハイバリトンといわれる声域をさらに広げ、努力してテノールのかなりの部分をカバーできるようにしたのは、英彬自身の努力によるものだ。

天与のハイバリトンの持つ深み、重みに加えて、声を軽々と高音域まで持ってゆく技術。

さらには、持ち前の声の張りと力強さを巧みに響かせる技術は、英彬の人一倍の努力の賜物《たまもの》だった。

体格、顔立ち共に華やかで東洋人離れしていた英彬は、舞台の上で他の歌手達の間に立ち交じっても役負けするということもなかった。

歌っていない時でも、内面から出る強いオーラのようなものが常に周囲を圧倒し、人の目を引きつけると言われた。

自分に自信があるだけに、舞台度胸も据わっていた。

どんな大舞台であろうとも、高名な歌手や指揮者、演出家と共に仕事をしても、臆《おく》することがなかった。

四年に一度のワーグナー祭でジークフリート役をこなす、圧倒的な声量と声質の華やかさ、重厚さで英雄的な役を表現できる特別な力量を持つ者をヘルデンテノールと呼ぶ。

オーケストラにも負けないだけの声量、よく響く明晰《めいせき》な高音、力強く骨のある低音、すべての音域をくまなくカバーできるだけの技術と声質とが要求されるだけに、テノールの中でも稀少《きしょう》な存在だった。

英彬はそのヘルデンテノールの持ち主として、音楽院からワーグナー祭への推薦を受けた数名の中に名を連ねていた。

まさに英彬にとっては、願ってもない大役だった。

しかし、突出した才能を持つ英彬の存在を忌々しく思う人間も、やはり多かったようだ。

確かに当時の英彬は鼻高々で天狗《てんぐ》になり、才能のない者を見下していたところもあった。自分には才能があるばかりでなく、人並みならぬ努力もしている。長身で見場もいい。これが評価されずしてどうするのだと、そう思っていた。

そもそも、日本人が海外に留学すること自体が非常に珍しい時代だ。

しかも、国費ではなく私費留学だ。

何人かの留学生の中でも、聞いたことがなかった。

だが、日本では若様と呼ばれる立場であっても、栄誉あるジークフリート役にいきなり東洋人の名が挙げられること自体、不愉快に思う人間もいたようだ。

慢心していた英彬は、当時そこまで思い至らなかった。

いや、自分を妬《ねた》む者が何人もいることは知っていた。

しかし、それが英彬が亡き者になればいいというまでの恨み、憎しみにまで捩《ねじ》れ、膨れ上がっているとは考えてもみなかった。

才能に恵まれていた分、他人を妬むことなどほとんどなく過ごしてきたため、高じた妬みがどんなに恐ろしく歪んだものへと転化してゆくのかまでは理解できていなかった。

ジークフリートのオーディションを数日後に控えたある晩、英彬のいた下宿が不審火で燃えた。

燃えたのは、なぜか英彬のいた三階部分の部屋だけだった。

乾燥した欧州では火のまわりは早く、あっという間に英彬の部屋は火に包まれた。夜中、深い眠りに落ちていた英彬は、火事に気づくのが遅れた。気づいた時にはすでに部屋中が火に包まれており、逃げようとしたところを焼け落ちてきた柱の下敷きになった。そして、そのまま気を失った。

意識が戻った時には、病院の寝台の上にいた。

かろうじて消防隊に助け出され、命だけは助かったものの、左半身のほとんどを焼かれていた。火傷《やけど》は酷《ひど》く、焼け爛《ただ》れた皮膚は、いつまでもズルズルと膿《うみ》の混じった血液混じりの黄色い液を滲《にじ》ませて痛んだ。

ごわごわに固まった包帯は、再生しかけた肌に張り付き、身動きするたびに生肌を剝《は》がれる激痛に襲われた。

昼も夜も、長らくその半身を焼かれた痛みで眠れなかった。殺してくれと、何度となく周囲に哀願するほどに、英彬は苦しみ続けた。

病院の寝台に横になったまま、オーディションの日は過ぎた。

東洋人として初のジークフリートになるという、英彬の夢は潰《つい》えた。

ジークフリートどころか、二度と歌手としても舞台に立てない。

英彬に残ったものは、焼け爛れた顔と手、攣《つ》れの残った脚だけだった。病院の看護婦すら目を逸《そ》らすような英彬の見た目には、逆に無神経な人々の好奇の目が向けられた。

半年近くを病院で過ごした英彬は、物見高い人の目から逃げるようにウィーンから日本へと戻ってきた。

いまだに犯人はわからない。

英彬の存在を疎ましく思っていた人間は、あの頃、周囲には何人もいた。

日本では知らぬ者がないとまで言われる高塚家の栄華も、欧州にまでは通じず、現地の警察を動かすほどではなかったようだ。

だが、犯人を捕まえたところで、いったい何ができたというのだろう。何が英彬の救いになったというのだろう。

あまりに酷く焼けた顔は、今の医療技術での修復はとても無理だと医者は言った。

英彬が日本に戻ってきた時に式を上げる予定だった子爵家令嬢は、病療養《やまいりょうよう》を口実に箱根《はこね》に療養に行くと言ったきり、挨拶《あいさつ》にも来ない。

二目と見られぬ姿になった英彬のもとに残ったのは、華々しい過去の栄光と、今、惨めな姿となった自分を取り囲む世界すべてへの憎悪と呪詛《じゅそ》だけだった。

英彬は表情薄い、焼け爛れた顔のまま、久しぶりに書架から取り出してきた譜面に目を落とす。

帝国オペラ座に勤める雪乃という少年の身元は、調べさせればすぐにわかった。

名前は菊川雪乃。名前こそ日本のものだが、髪の色合いは淡い栗色《くりいろ》で、瞳は青い。西洋画によく見る、幼い天使画を思わせる整った容貌の持ち主だった。

父親に関してはまったくの不明で、何も詳細はわからないという話だった。だが、雪乃の目や色素の薄い髪の色などを見ても、明らかに異国の人間だったとわかる。

母親の方は、そんな異国人を相手にする芸者崩れか何かだったらしい。早々に胸を患って死んだために、くだんの横浜の施設に引き取られたのだという。

雪乃自身は四つか五つの頃まで人並みに視力はあったようだが、残念なことにその後、高熱で光覚以外の視力を失ってしまっている。

雪乃が横浜の私設の聖公会系の孤児院にいたのは、七つの歳までだった。

老いた院長の死亡で院の閉鎖が決まった際、子供達の引取先を探す慈善事業の一環に、帝国オペラ座設立時の理事の一人がかかわっていたため、その紹介でオペラ座に引き取られてきたようだ。

孤児を引き取るとはいえ、このご時世だ。

明治維新以降、急速に近代化したとはいえ、まだまだ日本は裕福な国とはいえない。

小学校卒業後も上の学校に進学し、蝶《ちょう》よ花よと大事に育てられるのは良家の子弟ぐらいだ。表向きは雅《みやび》やかに見える華族ですら、学費がまかないきれずに進学を諦めることもある。

農村や炭坑、漁村、細々とした商いを営む多くの家では、子供は尋常小学校を卒業すれば十分に労働力とみなされる。貧しい家の子供の中には、丁稚奉公を勤めるかたわら、小学校に通う者も少なくはない。

たとえ小さな子供であろうとも、働かざる者、食うべからずという考えが徹底している時代だった。英彬もおそらく実家が裕福でなければ、歌を失ってしまった今はこの醜い姿のまま、なにがしかの食い扶持を探さなければならなかったはずだ。

帝国オペラ座もけしてその例外ではなかった。

視力障害のある雪乃は、尋常小学校への入学を認められなかった。そのため、日中はオペラ座内で労働要員として子供にもできる簡単な雑用を勤め、夜は付属の寮で寝起きして、小遣い程度の給金を受け取っているらしい。

支配人の話では、目は見えないが、頭もよく素直で仕事の呑み込みもよい。いずれはそのまま、この劇場の雑用を勤める雑務員の一人になるだろうという話だった。

それでも、雪乃のような視力を持たない者にとっては、帝国オペラ座に籍を置くことは、そう悪くない待遇と考えられていた。

盲人の大半は、鍼師《はりし》や按摩師《あんまし》となる以外に生計を立てる術《すべ》がないと考えられていた。目も見えず、学校にも通っていない雪乃には、他に選択肢などないに等しかった。

なのに、その素直な性格を損なうことなく、まっすぐに育ったのはたいしたものだと英彬は薄暗い部屋で思った。

英彬の顔を仰ぎ、あなたは天使様なのかと思った…と呟いた、幼い子供の澄んだ目の青さが忘れられない。

天使というなら、まさにあの子供こそがそうだ。

オペラ座とそれに付属の寮との間を行き来する以外にはほとんど外に出ないため、痩《や》せて青白い頰をしていた。

それでも、英彬の歌に無心に涙をこぼし、神様はあなたを愛してくださると呟く姿は、英彬の悪意と呪詛とに充《み》ち満ちていた心の奥を強く揺さぶった。

むろん、視力を持たないことが幸いしているのだろうが、何の先入観もなしに英彬の歌に耳を傾け、言葉も飾らずに手放しで賞賛してくれた。

何の計算もない無垢な感動は、あの時確かに、頑なに閉ざしていた英彬の心を解かした。

英彬はピアノの蓋《ふた》を開けると、久しく歌ったこともなかった穏やかな曲の譜を手に取った。

日本に帰ってきて以降、この三ヶ月ほどというもの、英彬は広い屋敷の中でも一番に奥まったこの部屋にずっと閉じこもりきりだった。

あの夜、嘉彬に『椿姫』の初日に連れ出されたのが、初めての外出でもあった。

閉じこもっている間は、弟の嘉彬が仕事にいそしみ、以前のように周囲から愛され、もてはやされる様子を苦々しく思う日々だった。

自分とよく似た容姿、よく似た声を持つ双子の嘉彬の存在がすぐ側《そば》にあることが、逆に口にはできない苛立ちを生んだ。

自分もあんな卑怯《ひきょう》な放火によって半身を損なうことがなければ、今頃は新進気鋭の花形テノールとして舞台で活躍していただろうに…、ここまで引け目や負い目を感じることなく、堂々と胸を張って表に出ていけただろうにと、もはや誰に向ければよいのかわからないほどの憤りと呪詛に溺《おぼ》れた。

そして、英彬にとっては悩ましいことに、嘉彬はおそらくそんな英彬の葛藤《かっとう》や苛立ちを双子ならではの勘で察してしまうことが、さらに英彬を深い自己嫌悪に陥らせた。

けして弟自身を憎んでいるわけではないのに、嘉彬は嘉彬なりに最大限、英彬を気遣っていることがわかっているだけに、なおのことすべてが疎ましかった。

その苛立ちが頂点に達しかけていたのが、あの帝国オペラ座の初日だった。

あの晩、英彬にただ歌を聴かせて欲しいとせがむ小さな子供が現れた。

英彬が久しく忘れかけていたものを思い出させてくれる、無垢な存在の…。

子供のくせに英彬の存在についていちいち何かをうるさく問いかけてくることもなく、ただ毎晩、黙って英彬の歌に耳を傾け、静かに聞き入っている。

まるで本当に、英彬が歌で自分を慰めてくれる天使だと信じているかのようでもある。

人の退《ひ》けた舞台に立ったのも、最初はただの酔狂だった。

だが、あの晩、あそこで歌っていなければ雪乃には会わなかった。

否、会っていたのかも知れないが、おそらく互いに意識しあうこともなく、すれ違うだけで終わっていただろう。

雪乃はともかく、英彬は十になるかならないかの子供など、目にも留めなかったに違いない。

雪乃はあのとおり、普段は英彬とは言葉も交わさないような、非力で小さな裏方の存在だ。普段は英彬以上に、表に出てくることもない。

英彬はその存在に気がつくこともなく、そして、それ以降はオペラ座に足を運ぶこともなく終わっていたのではないだろうか。

あの晩、雪乃と約束したから、また歌を聴かせて欲しいと頼まれたからこそ、英彬はその幼い願いを聞き入れ、夜毎《よごと》に歌う約束をした。

英彬にとっても意外だったが、ここしばらくではそんな雪乃との二人きりの夜のリサイタルが、英彬の一番の張り合いともなっている。

嘉彬や内村は、毎晩機嫌よく出かけてゆく英彬を不審に思ってはいるようだ。

それでも、部屋に閉じこもりっきりで出てくることもなかった英彬が自ら外に出て、周囲に当たり散らすこともなく穏やかに過ごしているためか、あえて何も尋ねないようにしているのがわかる。

どうせ行き先など、運転手に聞いて耳には入れているだろう。

英彬が雪乃について調べたのも、すでに耳に入っているかもしれない。

だが、何も問われてはいない。

しばらくは、様子を見てみようとでも思っているのだろうか。

英彬は譜面に何度か目を走らせると、ロンドンデリーのメロディーを鼻歌で追う。

ここ数日は宗教曲ばかりをやったので、今日はロンドンデリーの歌や埴生《はにゅう》の宿、荒城の月など、あえて雪乃でも知っているような、広く日本でも親しまれている耳なじみのいい曲を歌ってやろうかと思っている。

半身を酷く焼かれて以降、いつにない機嫌のよさで、英彬は演奏をはじめた。


数日後、英彬がいつものように帝国オペラ座の勝手知った裏口から舞台裏へと入ってゆくと、澄んだ歌声が聞こえた。

英彬は足を止める。

聞こえてくるのは、昨日、一昨日《おととい》、さらには一昨昨日《さきおととい》と雪乃にせがまれ、続けて歌ってやったイギリスの『I vow to thee, my country（我は汝《なんじ》に誓う、我が祖国よ）』だった。

まだ世界的に知られていない、ホルストというイギリスの作曲家が作った組曲『惑星』の中の『木星』の一部に、イギリス外交官が祖国への忠誠愛に基づく歌詞をつけたものだ。英国正教会の賛美歌としてイギリスでは広く歌われている歌だったが、日本ではほとんど紹介されていない。

英彬自身は欧行したときに同じ下宿にいたイギリス人学生が歌っているのを聞きつけ、旋律があまりに美しかったために楽譜を譲ってくれと頼み込んだものだった。

最初の『主は我が飼い主』以外、これまで何か特別な曲をねだるということがなかった雪乃が、初めて何度も歌ってくれと頼んだ歌だ。

歌詞が英語であるため、さすがに歌詞は覚えられなかったようだ。

それでも雪乃はステージ前の椅子《いす》にいつものように腰掛けたまま、目を閉ざし、声変わり前の澄んだ細い声で正確に主旋律をなぞらえていた。

少女のようにも少年のようにも聞こえる中性的な歌声だが、声の質は悪くない。

聞いた旋律を正しく反復できる音感、そして無理なく上へと伸びる高音域は、おそらく天性のものだ。幼い頃から施設で賛美歌を習い覚えたというのも、その才能を育てたようだ。きちんと発声方法、歌唱方法さえ教えれば、これから十分に伸びる才を持っているだろう。

ラファエル前派に描かれた天使画のような整った顔を持つ少年は、英彬が聞くとも知らず、楽しそうに知り覚えたばかりの歌を口ずさんでいる。

その容貌には不釣り合いな、粗末なくすんだ茶色の木綿の着物に身を包んでいても、その表情は穏やかでいつも満ち足りている。

英彬はわずかに首をかしげた。

それとも英彬が知らなかっただけで、この少年はこれまで英彬の訪れを待つ間、こうしていくつか英彬が歌って聴かせた歌を口ずさんでいたのだろうか。

誰が聴くというわけでもないのに、歌を紡ぎ続ける小鳥のように…。

こんな幸せそうな表情で…。

しばらく雪乃の歌に耳を傾けていた英彬は、舞台の上へと足を踏み出した。

たちまち雪乃は英彬の足音を聞きつけ、歌をやめて微笑んだ。

年のわりにずいぶん大人びた、分別のある穏やかな笑みだ。

「その歌が好きか？」

雪乃は口ずさんでいた歌を聴かれていたことに驚き、はにかんだような顔をしたが、すぐに小さく頷いた。

「悪くない声だ」

褒められたことが嬉しかったのか、雪乃は年相応の子供っぽい仕種でもじもじと指先を重ね合わせた。

「歌を教えてやろうか、雪乃」

しかし、次の英彬の声には心底驚いたような顔で、雪乃は顔を上げる。

そのままじっと黙り込んでいる雪乃に、英彬は苦笑した。

「嫌なら、別にいいが…」

無理強いするつもりはない。

嫌がる人間に教えても、けっして身にはならないものだ。

誰かに歌を教えるなどと、自分も柄にもない真似をしようと思うものではないなと肩をすくめた英彬に、雪乃は恐る恐るといった体《てい》で尋ねかけてきた。

「…本当に教えてもらえるの？」

「ああ」

はたして自分が何かを教えることに向いているかどうかは、疑問だが…、と英彬は頷く。

「いつか僕も、あなたみたいに素敵に歌えるようになる？」

「人は一人一人、声が違うものだ。その分、同じ歌を歌っても、人それぞれで持つ声や技量にあわせた様々な魅力を表現できる。そして、それがそれぞれの歌手の魅力でもある」

英彬の言葉に、雪乃は聡《さと》い表情のままで黙って耳を傾ける。

「私とお前では声質が違うから、まったく同じにというわけにはいかないが、それでも私の知っていることはすべてお前に教えよう」

英彬が言うと、雪乃はずいぶん嬉しそうに微笑んだ。

この少年が日々の仕事以外に、普通の子供のように何かを学ぶことをずっと欲していたのだと、英彬はあとあとになって気づいた。

だがこの時は、この少年の笑う顔をもっと見てみたいという、ただそれだけの気まぐれにも近い気持ちだった。

Ⅱ

今日も雪乃は楽屋のコーラスガールのための相部屋で、細々とした雑用を務めていた。

まだ子供な上に目も見えないので、女達は雪乃のすぐ横で半裸で着替えていても平気らしい。

たまに雪乃に白粉《おしろい》やら香水やらを塗って喜ぶ女達もいる。

半分は可愛いおもちゃ、小鳥や子猫を愛《いと》しむような気持ちでいるのだろう。弄《いじ》りまわされる雪乃も、遊ばれるのには慣れたものだった。

いくつかの用事を済ませ、ミチに頼まれた雑誌を買ってくると、フサエがおやつに食べるといいとかりんとうの袋を握らせてくれた。

誰かが化粧水の瓶を割ったりしない限り、今日の仕事はもうないだろう。

雪乃はそう判断すると、舞台化粧だ、着替えだとごった返す女達をよそに、部屋の隅におとなしく座り、男に教えてもらったばかりの歌を口ずさんでいた。

いろんなところで、始終、誰かが舞台の歌をさらったりしているので、別に多少の歌声が女達の邪魔になることもない。

「おや、雪乃ちゃん、可愛い歌を歌ってるね。何の歌？」

首に白粉《おしろい》でも塗りつけているのだろう、いつもよりも伸びた間合いで声で花恵《はなえ》が尋ねてくる。

「コンコーネ五十番の一の歌」

雪乃は笑って応えた。

雪乃との約束通り、夜毎に現れる男は雪乃に丹念に歌を教えてくれる。

口づてばかりだと雪乃の修得も早くはないだろうに、男はそれを厭《いと》う様子もなく、ひとつひとつ音を取ってくれた。

もちろん、あれだけの歌を歌えるだけに当たり前なのかも知れないが、男の音感はまったく狂いがなかった。

先に声を出して聞かせ、後からピアノをあわせてゆくこともあるが、音を外していたことは一度もない。

男に教えてもらうと、オペラ座の団員らはそこまで正確に音を把握していないことがよくわかった。発声のタイミングも、男のように逐一細やかにこだわったりしない。

驚くほど丹念に、男はひとつひとつの歌、音取りを教えてくれた。

しかも、男の歌は正確な上に、いつも余裕がある。ここに巧みに喜びや悲しみ、激昂《げっこう》の色を織り込まれると、あっという間にその歌の世界に引きずり込まれる。

何度考えても、不思議な人だ。歌の神様、天使様が、雪乃の元に遣わされてきているとしか思えない。

身なりもいい。すぐ側に立つと、いつもふわりといい香りがする。今の看板役者が銀座《ぎんざ》で買ったと得意げに嗅《か》がせてくれた香水よりも、雪乃は好きな匂《にお》いだった。

入ってくる時には、いつも杖をついている。左の脚をかすかに引きずっているせいだろう。かなり重さのある、しっかりとした杖だ。

一度、立てかけてあった杖が転げたのを雪乃が拾ったことがあるから、男も雪乃が杖の存在に気づいていると知っているはずだ。

それを手渡した時、ひんやりした石造りの杖であることがわかった。何か凝った彫刻が施してあるので、よほど高価な杖なのだろう。

石の彫刻のついた杖など、これまで雪乃は話にも聞いたことはなかった。

でも、あの時、雪乃は何も尋ねなかった。

ただ、どうぞ、とだけ言って手渡し、男は礼を言って受け取った。

それ以上は何も言われなかったから、雪乃も黙っていた。

男の正体が何であれ、男が自分の身の上については何も語ろうとしないから、雪乃から色々と聞いてはいけないのだと思った。

下手なことを聞いてしまって、もう来ないとは言われたくなかった。

「何だい、それは？　前にあんたが歌ってた賛美歌みたいなもの？」

花恵の声に、雪乃はただ笑って頷く。

男の存在は秘密だと言われたから、姐さん達にも黙っていなければならないのは仕方がない。

「あたし、雪乃ちゃんは歌の素質があると思うのよ。ハナちゃん、そう思わない」

横からフサエが口をはさんでくる。声がややくぐもり気味に聞こえるのは、腕を上げて顎を引き、髪でも触っているせいだろうか。

「確かに声が綺麗だよね。あたし達、女とはちょっと違った透明感のある声だ。声変わり前だからかねぇ。それになんてったって、歌をよく覚えてるよ。あたしなんて半年前の歌なんかすっかり忘れちまうけど、雪乃ちゃんはちゃんと二幕分の歌を歌詞まできっちり覚えてるもんねぇ」

フサエの意見に花恵も賛同してくれて、雪乃はすっかり照れくさくなり、白いうなじを赤く染めた。

「やーだ、本当にこの子は素直でウブないい子だね。真っ赤になっちゃってさ、可愛いもんだよ」

きゃらきゃらと女達が笑う。

「雪乃ちゃん、大きくなったらオペラの歌手になったらどう？　雪乃ちゃんはこの劇場の舞台の端から端まで、見えなくっても十分にどこに何があるのかわかってるし、見かけも本場の異人さんに負けず劣らず洋服映えするだろうしさ。今から一生懸命に練習すれば、ソロの歌手も夢じゃないかもしれないわよ」

調子のいいキヌの言葉を、さすがに誰かが下手なことを言うものじゃないと、シッ…と制する。

しかし、雪乃は確かにその制止も事実であることを知っていた。

一瞬だけ浮かれたキヌや、それを止めた相手を咎《とが》める気は毛頭ない。キヌも悪気で言ったわけではなく、むしろ、雪乃の歌を誉めてくれてのことだとわかっている。

「でもさ…」

姐御肌のフサエが取りなすように言う。

「看板役者になるのは誰にとったって難しいもんだけど、バックコーラスで男のなり手は少ないから、支配人もいらないとは言わないよ」

「…僕にも歌えるかな？」

バックコーラスでも悪くないと、雪乃は思った。

歌を歌うことが、今の雪乃にとっては何よりの慰めだった。

そして、あの男の歌を聴き、歌い方を教えてもらうことが、雪乃にとって一番の、そして唯一の楽しみであるのは間違いなかった。

舞台で何か役をもらいたい、などと贅沢は言わない。バックコーラスであっても歌で食い扶持を稼ぐことができるなら、きっとあの男《ひと》も喜んでくれるだろうと雪乃は思った。

「雪乃ちゃん、まずはやってみないと何も始まらないじゃないか」

気っぷのいい花恵の言葉が、ポンポンっと返ってくる。

「うん、がんばるね」

どこまで雪乃の言葉を本気にしたのか、女達はまた賑やかに笑った。

雪乃はまた元のように部屋の隅で、女達の準備の邪魔にならないように控えめに、男に教えられた声楽の基本であるという旋律を歌い始めた。

Ⅲ

「今日はお前に贈り物を持ってきた」

雪乃に歌を教え始めてからふた月ほどが経《た》った頃、舞台に現れた男はずいぶん機嫌のよい様子で言った。

「…贈り物？」

雪乃は首をかしげる。

「そうだ、取り寄せにずいぶん時間がかかってしまったが、点字の本。それに点字で作られた譜面。声楽用のものは国内では作られていないから、船で送られてくるのに時間がかかった」

「…本に譜面…、点字の…？」

「そう、点字だ。聞いたことはないか？　お前のように目の見えないものにも読めるよう、紙に凹凸で文字が記されている。これを指先で辿っていけば、お前にも十分に文章が読めるようになる」

確かに盲人にも指で読める字があり、盲人にその読み書きを教える学校もあると聞いたことはある。しかし、学校の数はごくわずかでまだまだ普及はしておらず、私立の盲学校のほとんどは鍼や按摩などの生計を立てるためのものだという。

むろん、孤児の雪乃にはそんな私立の学校に通うほどの資金もない。

「おいで。どんなものだか、教えよう。読書はいいぞ、雪乃。まったく未知の世界への扉を開いてくれる」

男は抱えてきたらしき包みを舞台セットの机の上に広げるとそのまま椅子を引き、シルクの手袋をつけた大きな手で雪乃の手を引いた。

雪乃は膝の上に座らせようとする男の意図を知り、熱いものにでも触れたように手を引っ込める。

「どうした？」

男はすぐに、手を引っ込めた雪乃を不審に思ったらしい。

「あなたのお洋服は、とてもいいものでしょう？」

男がかすかに笑う気配がする。

「子供がそんなことまで気を遣う必要はない。いいから、おいで」

自分の粗末な筒袖《つつそで》の木綿の着物をひどく惨めなものに感じ、雪乃は男の着物を汚してしまわないかと恐れながら膝の上に手を引かれるままに座る。

案の定、男はずいぶん仕立てのいい、上質の毛織物の洋服に身を包んでいるようだった。手に触れた生地はつるりと滑らかで、これまで雪乃が触れたことのないほど触り心地がいい。

男は雪乃を膝の上に載せたまま、肌触りのいい薄手の絹の手袋をつけた手で雪乃の小さな手を開いた本の上に導いた。

「これが点字の本だ。触ってごらん、普通の本よりもずいぶんと厚みもある。ひとつひとつのページも、ずいぶんしっかりしている」

雪乃は導かれるまま、本の厚さ、ページの厚さを指先で確かめた。男の言う普通の本にはほとんど手を触れたことがないため、厚みの違いを確かめる術もないが、こうしていちいち手に触れさせて雪乃に物の違いを教えてくれる人間は初めてだった。

「そして、これが点字だ、雪乃。カナの五十音が六つの穴の凹凸で、成り立っている。これがアサヒのアの音、これがイヌのイ、ウサギのウ、エンピツのエ…」

男は五十のカナの音を丁寧に説明しながら、ひとつひとつ手を添えて雪乃の指先に触れさせる。

最初、されるままに頼りなく字を辿っていた雪乃は、徐々に顔を輝かせはじめた。

「サクラのサ…、これがサクラのサ…」

男の言葉を繰り返し、雪乃はのめり込むように夢中で点字をなぞる。

目を覆っていた暗い幕が一気に取り去られて、今、明るい光が雪乃の世界を照らしているように思えた。

一通り、五十音の説明を受けると、今度は一人で頭から辿っていく。

自分の力で本を読めるという新鮮で思いもしなかった感覚、喜びに時間の経つのも忘れ、雪乃は懸命に点字を追う。指先の感覚を忘れないように、何度も何度も丹念に凹凸をなぞる。

「雪乃、もう一時間以上になるぞ。そんなに気に入ってもらえるとは思っていなかった」

かなり細身の子供とはいえ、雪乃を一時間以上も膝の上に乗せていることを苦にした様子もなく、男は喜ぶ雪乃に満足したように笑った。

「一時間も？」

雪乃は自分が夢中になりすぎていたことに気づき、驚いて顔を上げる。

そして、おそるおそる尋ねた。

「…あの…、これとは別に譜面もあるんですか？」

「ある。点字の開発された欧州では、もともと点字は楽譜の表記のために使われたらしい。文字よりもまず音符の方が先に、この凹凸で表すことが考え出された。触ってごらん。これがドの音…、日本ではハニホヘトイロハのハの音にあたる音だ」

雪乃は渇いた者が水を求めるように、男が触れさせてくれた譜面に一心に触れる。

さっきは暗闇《くらやみ》の中に光を感じたように思ったが、今は乾ききった砂漠で澄み切った冷たい水の流れに手を浸したような、そんな驚きと喜びだった。

「そして、これがお前にこれまで教えていたコンコーネ五十番の譜だ。こっちはイタリア歌曲だな」

男の説明に雪乃は微笑む。

最初の曲は一人でいる時にも何度もさらって、もうすっかり暗譜している。男がこれまでピアノで伴奏しながら、辛抱強く口づてに教えてくれていたものが、そこに雪乃にも読める形になってある。

「ありがとうございます、これが…コンコーネ…」

雪乃は譜面を指先で辿りながら、呟いた。

雪乃を導いてくれる天使だと思えた男が、雪乃と同じ体温を持つ生身の人間であることは、薄々わかりかけていた。

それでもやはり、こうして雪乃の知らなかった知への世界の扉を開いてくれることを思うと、やはりこの人は神様の遣わしてくださった天使なのだと思わざるをえない。

この感謝の気持ちは、とても雪乃の知る言葉では言い表せない。

「…ありがとうございます」

雪乃はその青い目いっぱいに喜びの涙をたたえ、ただただかすれた声で何度も呟いた。

Ⅳ

六月に入ったせいか、その日はずいぶん朝から蒸す日だった。

以前は昼間でもずっとカーテンを引いて暗い部屋の中に引きこもっていた英彬も、さすがに重い天鵞絨のカーテンは開け、窓を開け放つようになっていた。

レースのカーテンは引いてあるが、以前のようにずっと朝から晩まで暗い部屋に閉じこもりっきりというわけでもない。

部屋には日本ではまだ珍しい扇風機が置かれていたが、それでもこの湿度だ。ただ扇風機をまわすだけでは、暑さはしのげない。

屋敷内では嘉彬が気を利かせたのだろう。英彬の部屋のある庭の周辺には、使用人も立ち入ってこないため、外から様子を窺《うかが》うものもいない。

庭の手入れのある日は、前日から内村を通じて庭に人が入るからとの断りがあった。

夕刻になって、いつものように嘉彬が仕事から帰ってきたのは知っていたが、その後、来客があったのが屋敷の気配でわかった。

それもただの商用の客などとは違う、かなりの立場の客のようで、使用人らが慌ただしく準備に追われている様子がそれと知れた。

白い麻のスーツに身を包んだ英彬は、シャツの袖を肘《ひじ》までめくり上げ、夕暮れの温《ぬる》い風に身を任せ、開いた窓からいつもより明かりの増えた母屋を眺めていた。

夕闇に浮かび上がる建物の中、使用人らの立ち働く影が物語絵のように見える。その幻灯絵のような様子は美しくて、それだけでも飽きなかった。

雪乃に…、と英彬は窓辺にもたれて、漠然と思った。

できることなら、あの薄幸の少年にこの幻灯《げんとう》のような景色を見せてやりたい。

もちろん、雪乃の目ではとても叶《かな》わぬ事だとはわかっているが、あれだけ感受性の豊かな心優しい少年だ。

今はあのオペラ座と寝起きする寮周辺の狭い世界しか知らないが、自分の目で世の様々なものを見ることが出来れば、雪乃の世界はどれだけ広がることか。

それとも、醜いものが見えないからこそ、あれほどの純真無垢さを保っていられるのだろうか。

世の醜いものを知らないからこそ…。

英彬がそんなたわいもないことを考えていると、部屋の外から内村がドアをノックしてきた。

「何だ？」

暑さのため、部屋の中では面をつけていない英彬は、火傷痕《あと》のない側の顔を内村の方へと振り向ける。

「嘉彬様がお話があるそうです」

英彬は窓の外、まだ客の滞在しているらしき母屋を振り返る。

客を残して話があるということは、あの客は英彬に関する人物なのだろうか。

「…五分ほどしたら、来るように言ってくれ」

「承知いたしました、お伝えいたします」

内村が下がってゆくのを受け、英彬はいつものように革の仮面をつけ、暗かった部屋に明かりをつけた。

めくり上げていた袖を下ろし、シャツの襟許をただしてネクタイを絞める。

ちょうど五分ほどで、嘉彬はやってきた。

「兄さん」

いつも穏やかな嘉彬には珍しく、弟はやや硬い表情を見せる。

「入れ」

オットマンに脚を投げ出して座った英彬は、嘉彬を招いた。

英彬と同じ夏用の白麻を身につけた嘉彬はこの蒸し暑さでも、ベストの上にさらに上着を着込んでいた。

やはり相当な賓客《ひんかく》がきているのだろう。

「あまりいい話とは言えないのですが…」

今、表向きは高塚家の家督を継いでいる嘉彬が、三つ揃いで対応しなければならない相手になんとなく想像がつき、英彬は前の肘つきの椅子を指し示した。

嘉彬は勧められた椅子には座らず、その背に手をかけた。

「客が来てるな?」

話の切り出しに少し迷う様子を見せる弟に、英彬は自ら尋ねた。

「ええ…、八条《はちじょう》子爵《ししゃく》が小田辺《おたべ》中将《ちゅうじょう》とおいでになりまして…」

八条子爵令嬢は英彬の婚約者で、英彬の帰国後、箱根に療養と称して引っこんでしまったっきり、一度も顔を見せない娘だ。

何の病だかは知らないが、こちらからの見舞いも遠慮して欲しいと、打診もしていない見舞いに対して、先に丁重な断りがきていた。

そして、その娘の父親と共にやってきた小田辺中将は、昔から高塚家とは浅からぬつきあいの相手だった。

もとはといえば子爵令嬢との婚約も、英彬の欧行前にさる家で催されたパーティーで、八条子爵の娘が英彬に一目惚《ぼ》れしたという理由で持ち込まれた話だった。

「…結婚を取りやめたいとでも？」

英彬が尋ねると、嘉彬は憤懣《ふんまん》やるかたないという顔になる。

「ずいぶん失礼な話じゃありませんか。もとは向こうから兄さんに惚れたと話を持ち込んできて、今になって手の平を返したように、話をなかったことにして欲しいだなんて…！」

英彬の知る限り、嘉彬が声を荒げることなどほとんどない。

その弟がここまで吐き捨てるように言うのは、ずいぶんな見物《みもの》だった。

「なかったことにして欲しいと？」

「いえ、療養が思うように進まぬのでご迷惑をかけてしまう、とはおっしゃっていますが…」

さすがに本音は言いかねるかと、英彬は椅子の肘掛けに肘をつく。

「いいじゃないか」

嘉彬は強く眉を寄せる。

「でも……！」

「もともと見た目で寄ってきた相手だ。その見た目が化け物になってしまった以上、離れていくのもわかる」

英彬は数度会っただけの、おとなしげな令嬢を思い出す。小柄でおっとりおっとりと、嬉しげに話す相手だった。

子供みたいな娘だという印象しかない。箱入り娘で、ずいぶん自分に入れ揚げているようだということは、あらかじめ聞かされていずともわかるほどだった。

好きか嫌いかで言われれば、嫌いではないと思ったので縁談を受けた。

まがりなりにも華族の方から持ち込まれた縁談だ。財力は今や一大財閥を為す高塚家の比にならないとしても、家の格としては向こうの方が上だった。断れば角が立つし、華族と縁を持つのは高塚の家にとっても悪くない話だと当時は思った。

しかし、見た目に惚れてくれたはいいが、最初の想《おも》いを貫くほどに強い意思を持った相手だとも思えない。

まわりにも散々に脅されたり、止められたりしたのだろう。

箱根に引っこんだきり、手紙一つ寄越さないところをみても、恐ろしい姿になったと聞いて怯える様が目に見えるようだ。

「そんな勝手な話がありますか！」

嘉彬は自分のこと以上に腹を立てているようだった。

「別にいいさ」

英彬は片手を振ってみせた。

「気のない相手を無理に妻にしたところで、手籠《てご》めにしているようで気分が悪い」

「兄さんが嫌がる女性相手に、そんな無体を働くわけがないでしょう？　そんな真似は絶対にしない人だ！　それは僕が一番によく知っています」

別に英彬もこの歳まで清廉潔白できたわけではないが、生まれてから長く互いを知った嘉彬は嘉彬で、今は英彬が侮辱されたかのように怒る。

「当たり前だ、そんな真似。面倒《めんどう》だ」

今の自分は嘉彬の目にどう見えるのかと思いながら、英彬は低く応える。

気質は違っても、理性の限界や価値観などは、同じ双子の嘉彬には見えているのかもしれない。

英彬が、嘉彬にできることと、できないこととがわかるように…。

「嫌がっているなら、いいじゃないか。逃がしてやれ」

英彬は手袋をはめた左手と、はめていない右の手を組み合わせ、弟を見上げる。

「…本当にかまわないんですか？」

「かまわん」

嘉彬が押し黙った理由もわかる気がする。

今、婚約をなかったことにすれば、今後、英彬の身に縁談は持ち込まれないのではないかと案じてもいるのだろう。

むろん、その危惧《きぐ》はわからないでもないし、今の英彬に縁談を持ち込む者がいるとも思えない。いるとしたら、高塚家の財産目当てであることも露骨だ。

しかし英彬は、以前ほど八条子爵家の振る舞いに腹も立たない自分に気づいた。

以前なら間違いなく侮辱されたと激昂していただろうが、今はそんな家や相手と積極的にかかわりを持ちたくない思いの方が先に立った。

「ならば、先方にそのように伝えます」

嘉彬はまだ納得いかないといった表情で頷くと部屋を出ていきかけたが、ドアの前で足を止めて振り返る。

「今の言い方で誤解されたくはないのですが…、僕は兄さんに、ずっとこの屋敷にいてほしいと思っています」

英彬は脚を前に投げ出したまま、無言で弟の方へと顔を振り向ける。

「兄さんが結婚しようと、しまいとです」

けして英彬を邪魔に思っているわけではないと言い置き、嘉彬は部屋を出ていった。

嘉彬が出ていってしばらく、扇風機に吹かれて考え込んでいた英彬の部屋を、内村がノックした。

「お食事を…」

入ってきた使用人は、いつもよりも注意深く尋ねてきた。

「そろそろお持ちしてよろしいでしょうか？」

子爵家からの一方的な婚約破棄で、英彬が気分を荒げているのではないかと危惧しているらしい。

「ああ…」

英彬は書類机の上に置かれた時計に目を向けた。

時刻は七時半を指している。普段の食事時間より遅いのは、嘉彬と話をしていたせいだろう。

食事を終えれば劇場に行く時間だと、英彬は頷いた。

「早めに持ってきてくれ」

「承知しました」

英彬が予想外に穏やだったせいか、内村はどこかほっとしたように頭を下げた。

ピアノで軽やかなイタリア歌曲の伴奏をしていた英彬がふと手を止めると、雪乃は困ったように尋ねてくる。

「…暑いですか？」

石造りの大きなオペラ座は外に比べればいくらかひんやりしているが、雪乃は気を遣って、歌の合間、合間に団扇《うちわ》で扇いでくれる。

最初、雪乃が大きめの団扇を用意しているのを見た時には何かと思ったが、夏場は舞台袖や楽屋で、姐さん達にこの団扇で風を送るのも雪乃の仕事のひとつとなっているのだと言う。

支配人がよく気のつく頭のいい子供だと言っていたが、確かに雪乃はかわいそうなぐらいによく気がまわる。なるほど、劇団の女達に可愛がられるわけだ。

英彬は小さく笑いを洩《も》らした。

「いや、お前の歌はロマンスを歌っていても、賛美歌のように聞こえるなと思って」

「ロマンス…」

雪乃は困ったように眉尻《まゆじり》を下げる。

「いや、まだ十歳なら無理はないが…、一応、これは『Caro laccio《カーロ・ラッチョ》…、愛しい絆《きずな》よ』という歌だ」

「はい」

雪乃はわかったような、わかっていないような生真面目な顔で頷く。

一応、イタリア語の歌詞の説明は一通りしてやったが、この歳だと『私を縛りつけている、愛しい絆…』などという恋歌を理解しろという方が無理だろう。

わからないままに歌うから、もともと雪乃の一番よく知っている賛美歌に近い歌い方になるのか。

耳がいいせいか、教えたイタリア語の発音は正確だし、喉《のど》もよく開いている。綺麗に上へと伸びる音程も、間違いない。

しかし生真面目すぎて、あまりに歌に色気がない。恋歌というより、教会で賛美歌でも聴いているような気にさせられる。

「声変わりもしていないし、これはこれでいいんだが…、もう少しやわらかく…。そうだな、男女の機微のようなものがあると、より歌に奥行きが出てくる」

「男女の機微…」

雪乃はますます困った顔となった。

「わからないか。そうだな…」

譜面を眺めながら、何か子供にもわかりやすいような表現で…、と考え込む英彬に雪乃は真顔を向けてくる。

「…『金色夜叉《こんじきやしゃ》』の貫一《かんいち》、お宮《みや》のようなものですか？」

虚を突かれ、英彬は一瞬、まじまじと雪乃の顔を眺めてしまう。

次にそのあまりに真面目くさった顔に、思わず笑いがこみ上げてくる。

こらえきれず、英彬は吹き出した。

「貫一、お宮か」

あらためて口にするとますますおかしくなって、英彬はさらに声を上げて笑った。

よもや雪乃のような小綺麗な顔をした少年の口から、いきなりドロドロとした恋愛通俗小説の名前を聞くことになるとは思ってもみなかった。

「…違うんですか」

雪乃は笑われたせいか、顔を赤らめて困ったように目を伏せる。

その様子が何とも可愛らしくて、英彬は思わず痩せた子供の身体を抱きしめた。

「いや、お前の口から貫一、お宮だなどと聞くとは…」

「フサエ姐さん達が、楽屋裏で読んでいるのを聞いて…。花恵姐さんは、前にいた劇団でお宮の役をやったそうです」

「そうか」

喉の奥にまだ笑いの残った英彬は、困ったように団扇に触れる雪乃の髪を撫でてやる。

「そうだな…、『金色夜叉』も悪くはないんだろうが、もっと子供にもわかりやすい…、『灰かぶりの姫の話』だとか、『小雪姫』の話は？」

尋ねると、雪乃は口の中で小さく、いえ…、と答えて首を横に振る。

「すみません、知らなくて…」

「いや…」

そういえば、この子は学校にも行けていないのだったと、英彬は思い直す。

それに本らしい本も、ろくに読めていない。点字は見事に覚えたが、まだ読んでいるのはごく初等用の本だ。物語らしい物語も載っていない。

英彬は嘉彬と共に子供の頃から美しい絵本を与えられていたが、雪乃にはそんな本を与えてくれる身よりもない。教会では、主に聖書の逸話を教わっていたらしい。

その他の話といえば、劇団の人間が語った大人用の通俗小説しか知らないのも無理はなかった。

「そうだな、『小雪姫』は継母《ままはは》に毒の林檎《りんご》を食べさせられて死んだ美しい姫君を、王子が口づけで生き返らせるという話だ」

「…継母に毒の林檎を？」

知らないだけに、あらすじだけ説明されても話がよくわからないのだろう。

確かにそれだけでロマンスを理解しろというのも無理な話だと、英彬はどこか途方に暮れたような雪乃の顔を覗き込む。

「今度、その物語を持ってこよう。ロマンスなんて、もっと先でいい。お前は子供なのだから、色々と学ばなければ」

雪乃を励ましてやりながら、英彬はこれまでになくすがすがしく楽しい気持ちになっていることに気づいた。

どうしてここまで…、と思いかけた英彬は、自分がこの火傷を負って以来、はじめて声を上げて笑ったことに思いあたる。

ついさっき、八条家の令嬢との破談が決まったばかりだというのに、こんな風に声を上げて笑っていることが不思議だ。

だが、ずいぶん楽しい。そして、計算もなくこんなに英彬を笑わせることのできるこの少年の魅力に、心が温かくなる。

まだ幼い少年は目も見えず、何の力も持っていないというのに、何がここまで英彬の気分を明るくさせるのだろうか。

「西洋のお話なんですか？」

「ああ、西洋の話ばかりでなく、日本の話もだ。『金太郎』や『桃太郎』なんかもな」

「金太郎は知っています。坂田公時《さかたのきんとき》でしょう？　五月人形にもなってる」

「そうだ、よく知っているな」

英彬は子供の頃、節句ごとに飾られていた武者人形を、嘉彬と共に眺めたことを思い出す。鎧飾りの弓矢と刀で軍《いくさ》ごっこをして、内村に怒られたことも懐かしい。

あれはまだ、この雪乃よりも幼い時だったろうか。

怪我《けが》を負ってから、ずいぶん長いこと、そんな思い出や笑いとは無縁でいた。

「じゃあ、絵本の話はまた次にしよう。男女の機微も、今は無理に理解しようと思わなくていい。いずれ、自然とわかるようになる。『Caro laccio』は一度、私が歌ってみるから聴いていてごらん。音程をやわらかく、やわらかくとることを心がけて…」

点字の音符を指で辿るように指示しながら、英彬はピアノの伴奏をはじめた。

V

午前の帝国オペラ座の広いホールは、マチネーのある午後や夜の賑わいとはうってかわって、静かなものだった。

掃除夫や舞台係が何人か行き来しているが、まだコーラスガール達も来ていないし、オーケストラボックスも空のままだった。

「雪乃、支配人が呼んでるぞ」

雪乃が細い腕いっぱいに洗い上がったばかりの舞台衣装を抱えて楽屋裏へ行こうとしていると、案内係の竹中《たけなか》が呼びに来た。

「支配人さんが？」

何の用なのだろうと首をかしげる雪乃の腕から舞台衣装を代わって受け取り、竹中はなおも促す。

「いいから早く行けって。これは持って行ってやるから」

支配人は厳格なことで知られている。自分が雪乃を探すのをさぼっているとは思われたくないのだろう。

普段、ほとんど口をきいたこともない支配人が、いったいどんな理由で自分を呼ぶのだろうと不思議に思いながらも、雪乃は支配人室に向かった。

支配人といえば、この劇場内では一番の役職だった。

さすがに支配人の顔に触れて確かめたことなどないが、姐さん達の話を聞く限り、眉が濃く、体格は大柄でいつもいい仕立ての三つ揃いに身を包んだ五十代前半の人だ。よく手入れされたカイゼル髭《ひげ》は、常にぴんと両頰に向かって尖《とが》っているとの話だった。

ベストのボタンには金の鎖のついた懐中時計が掛けられていて、ぴったり正確に時間を刻んでおり、支配人は時々その時計を取りだしては、劇場内での時間が守られているかどうか、目を光らせているらしい。

劇場中の人間に恐れられており、雪乃のごときちっぽけな存在は、この支配人の胸先三寸で簡単に首が飛ぶ。

支配人室は事務室のさらに奥まったところにある。場所は熟知しているが、この帝国オペラ座にやってきて三年経った今も、雪乃はまだ一度も入ったことのない部屋だった。

赤いふかふかとした絨毯を踏んでゆくと、ひんやりした真鍮《しんちゅう》のノブを持つ、幅二間ほどの立派な樫《かし》の両開きの扉がある。それが支配人室の扉だった。

雪乃は少し考え、コツコツとドアをたたいた。

「誰だ？」

厳《いか》めしい声が応える。

それだけで雪乃は爪先《つまさき》まで震え上がった。

「あの、雪乃です。お呼びと聞いたので」

「入りなさい」

失礼します…、とこわごわ部屋に入った雪乃は、入り口すぐのところで立ち止まった。

何の前置きもなく、支配人は太い声で切り出した。

「お前は今、学校に行っていないな？」

「はい」

　雪乃は頷く。尋常小学校の入学の際、目が見えなくてはとても授業にはついていけなかろうと、役人の許可が下りなかったのだと聞いている。

　それは別段、非健常者にとっては珍しい話でも何でもない。

　小学校は義務化されているとはいえ、視力を持たない者、聴力を持たない者、手足を自由に動かせない者などは、通常の教育枠からは外されてもやむを得ないと考えられている時代だ。

　子供が皆、教育を受けられること、これがようやく国策によってかなうようになったばかりだ。非健常者の教育までは、まだ手も資金面でも、とても及んでいなかった。

「来月から、官立東京盲学校に行きなさい」

　これにはさすがに驚いて、雪乃はぽかんと目と口とを見開き、そのままの姿勢で突っ立っていた。

　ここしばらく、驚くようなことばかりが起こる。官立の盲学校などとは、聞くだけであまりに立派すぎて、雪乃にはとても想像がつかない。

　官立とはいえ、特殊な盲学校に通うにはずいぶんなお金がかかるだろうに、雪乃のわずかな給金ではとてもそんな学費はまかなえない。

　ぽかんとしたままの雪乃をどう思ったのか、支配人は言葉を重ねた。

「場所は一度、事務の大崎《おおさき》に連れて行ってもらうといい。教科書なども、その時に揃えるように言っておく」

「…あの、どうして学校へ行かせていただけるんですか？」

雪乃はおそるおそる尋ねた。

この支配人が急に思い立って、雪乃をどこかに通わせようとしたというのは、どうにも考えられなかった。悪い人だとは思わないが、そんな必要性など少しも感じていなかっただろうというのは知っている。

だからこそ、雪乃は三年間もここで学校にも行かず、下働きをして過ごしてきたのだ。

常日頃、支配人の忙しい生活の中で、雪乃の存在が頭をよぎることなどほとんどないことは、さすがに承知している。

子供が馬鹿《ばか》なことを聞くなと叱《しか》られるかと思ったが、意外にも支配人は重々しく答えた。

「さる篤志家《とくしか》の方が、お前への援助を申し出てくださったのだ」

「トクシカ…」

雪乃は呆然と繰り返す。

「そうだ、大層立派なお方だ。子供には学ぶ権利があるからと…、そのご厚意に応えるよう、しっかりと勉強してきなさい」

ああ、あの人だ…と雪乃は思った。

トクシカという意味はよくわからなかったが、とりあえずは雪乃に援助してやろうという人のことだろう。

雪乃の天使…、恐ろしく美しい声を持つ、誇り高く尊大でありながら、時に深い思いやりを見せてくれるあの人…。

この間はなぜか大笑いして、雪乃を抱きしめてくれた。

力強くて長い腕を持った人で、しっかりと抱きしめられるととてもいい匂いがして、恥ずかしかったけれども、同時にすごく嬉しかった。

自分が抱きつくのはあまりに失礼が過ぎるだろうと、ただそのいい匂いの胸に顔を埋《うず》めただけだったが、温かくて嬉しかった。

あの時、この人は天使ではなく、現実にこの世にいる人なのだとはっきりと意識したけれど、でもそれは雪乃の中によけいに親しみと慕わしさを生んだだけだった。

どういったわけか、雪乃の願いに応えて毎晩やってきてくれる人。

けして、他の誰にも自分のことを話してはいけないと約束したから、他言はできないけれども…。

雪乃にとっての一条の光、暗い世界に灯火《ともしび》を差し伸べてくれた人…、どう言葉に尽くしてみても、うまく言い表せない。雪乃の強い導き手である人。

あの人に出会ってから、雪乃は強い力で運命を切り開かれている気がする。あまりに強い力でどんどん幸せへと導かれるから、時に怖いような気もする。

「あのっ…」

雪乃は上擦った声を上げ、懸命に尋ねた。

「あの…っ、僕は何をすればいいんでしょうか？」

「何をとは、何だ？」

「そのお方に、何をしてお返しすれば…」

ははっ、と支配人は埒《らち》もないといわんばかりに声を上げて笑った。

「お前に何が出来る？　せいぜい、しっかり勉強をして励みなさい。それがお前に出来る、精一杯のご恩返しというものだ」

確かに非力な雪乃には、通わせてもらえる学校で懸命に勉強をする以外にない。

「はい…っ」

信じられないほどの幸せに、雪乃は頬を上気させながら深く頭を下げた。

「ありがとうございますっ！　ありがとうございます！」

雪乃はそこにあの人がいるかのように、何度も何度も頭を下げる。

気がつけば、嬉しさのあまり涙が頬を伝っていた。

こんな場所でめそめそと泣けば、きっと不甲斐《ふがい》ない奴《やつ》と怒られてしまうと、雪乃は必死で唇を噛み、こぼれる涙を袖で拭う。

「うむ。お前がそのようにお礼を申し上げていたと、先方には申し上げておく。お前は利発な質《たち》だから、勉強にも十分ついて行けるだろう。入学についてのあとの細かなことは、大崎に聞きなさい」

どうやら髭を弄りながら言っているらしき支配人に向かって、もう一度、雪乃は深々と頭を下げた。

「はい、ありがとうございます」

歌を教えてもらえる夜だけでなく、あの人はいつも雪乃を見守ってくれ、雪乃のことを考えてくれているのだと思うと、本当に心強かった。


その日の晩、男が来るのを待ち焦がれていた雪乃は、いつものように杖をつく音が聞こえると、顔を輝かせて立ち上がった。

「あの…っ」

手で周囲を探るようにして、男のもとへと足を急がせたことに気づいたのだろう。

男は笑みを含んだ声で尋ねてくる。

「どうした?」

「…盲学校へ行かせていただけることになりました」

雪乃は声を弾ませる。

教科書や教材ばかりでなく、通学に使う都電の電車賃もすべて、そのトクシカの方が出してくださるのだと支配人は言っていた。

「そうか」

男は穏やかな声でそれだけを言い、雪乃の背中をピアノの方へと押す。

「あの…っ、ありがとうございます」

「いや…」

そう言った男は、さらにつけ足した。

「よかったな」

「ええ、すごく嬉しいです、ありがとうございます。…あなたのおかげなんですね？」

雪乃が頭を下げると、男は静かに笑った。

「どうかな？」

否定ではないが、曖昧な答えに、雪乃は男があまりこの件について触れられたくないのだろうかと思った。

それとも、面と向かって私が取りはからったというのは、好まない人なのだろうか。

色々と不思議なことが多い人だけど…、と雪乃は幼いなりに懸命に考える。

これだけ丁寧に歌を教えてくれるのに、それを誰にも言ってはいけないと雪乃に約束させたことを考えても、あまり人の口に立つことは好きではないのかもしれない。

「学校へは、いつから通う?」

「来週からです。少しでも早い方がいいだろうって。点字も読めるから、学期の途中から編入を認めていただけるって…、そう聞きました」

「そうか」

男はぽんと軽く雪乃の肩を叩いた。

「なら、しっかり励みなさい」

「はい」

雪乃が頷くと、男はピアノの上に何か本を置いたようだった。

新しい楽譜か何かだろうかと、雪乃はそちらの方へと顔を振り向ける。

「『小雪姫』の本を持ってきた。点字の本はまだ日本にはないらしいから、とりあえず話だけでも聞いてみないかと思って」

男は雪乃の手を取り、本の表紙に触れさせてくれる。

それで本の絵が見えるわけではなかったが、男の手はそのまま雪乃の指に表紙を辿らせ、本の厚みなどを確かめさせる。

「表紙は赤だ。その赤い表紙に、金色で楕円《だえん》が描かれている」

男の手によって、指は横に開いた楕円を丸くなぞった。

「その金の輪の中には西洋のお城と、窓辺に佇《たたず》む黒髪の姫君の絵がある。お城は尖った屋根に、丸い塔をいくつも持っている。姫君は白い肌に、赤い頬と唇を持っている美しい姫だ」

まるで表紙を見せてくれるかのようなその説明に、雪乃は胸を躍らせる。

端《はな》から見えないのだからという扱いをするわけではなく、表紙の様子を説明する手間を厭《いと》いもせずに、男は雪乃に次のページを繰らせた。

まるで本物の本を見せてもらっているようだと、雪乃は男の声に耳を傾ける。

雪乃にこんなに丁寧に本を読み聞かせてくれた人は、これまでいなかった。たまに新聞や小説を読み聞かせてくれる姐さん達も、ここまで何がどう描いてあるのかは説明しない。

しかし、それはむしろ当たり前の感覚なのだと思う。見える者には何も見えない雪乃の世界は想像もできないものだろうし、何かを読んで聞かせてくれるだけでも十分ありがたい。

でも、雪乃が見えないことを承知で、あえてその世界を「見せて」くれようとする気持ちは、自分を普通の子供として扱ってくれているようでとても嬉しかった。

「『昔、昔、ある雪の夜、王妃が窓辺で針仕事をしていました』」

最初に会った時、遠い想像上の国の王子の話を歌で聴き、巧みな音色で織り上げられた色鮮やかに広がる幻の国へと思いをすべらせたように、今は男の声に導かれ、雪乃は遠い昔の西洋のお伽噺《とぎばなし》の世界を垣間見る。

「『王妃は針仕事の最中に、針で指をついてしまい、その血は窓枠に積もった雪の上に赤く落ちました…』」

淡々と物語を読み進める男の声に、雪の日の夜、窓辺で針仕事をする王妃の様子、そして雪の上に散った赤い血までが見えるようだと思った。

雪乃は男の隣に腰かけ、じっとその話に耳を傾けた。

そして、見えない雪乃に変わって夢物語の世界を語り聴かせてくれるこの男が、たまらなく好きだと思った。

Ⅵ

翌週から、雪乃の通学が始まった。

最初の一週間ほどは事務員に付き添っていってもらい、そこからは自分で杖をついて、都電に乗って通った。

慣れない道は不安だったが、それよりも学校で何かを教えてもらえることは嬉しかったし、楽しかった。

寮でも下働き用の大人との相部屋にいた雪乃は、学習に差し支えるからという理由で、狭いながらも個室を与えられた。

ただ、朝の八時まで寝ていてもよかったこれまでとは違って、朝の八時には学校に着いていなければならない。それも道や都電の空いている時間を狙って、人よりも少し早めに出ようと思うと、六時には起きだして七時には寮を出る。

これが夜、劇場の閉まった後に男に歌を教えてもらっている雪乃には、ずいぶん辛かった。

おそらく部屋を与えられたのも、朝早くに起き出す雪乃が他の相部屋の人間を起こさないようにという配慮もあったのだろう。

学校から帰った後、楽屋で姐さん達の用事を済ませた後に居眠りをしてしまい、笑われることも何度かあった。

眠い目をこすりながら、毎朝、懸命に起きて通っていたが、二学期に入った九月上旬のある日、夏の暑さもあって、雪乃は学校で倒れ込んでしまった。

運ばれた医務室で睡眠不足を指摘され、夜、できるだけ早く寝るようにと指導された。

だが、雪乃はそれを男に伝えたくなかった。学校で倒れたなどと言えば、きっともう歌の稽古はやめになってしまう、そう思うととても言えずに数日を過ごした。

基礎ばかりでは楽しくなかろうと、男が唱歌の『われは海の子』の譜を用意してくれた日のことだった。

「…どうした、あまり顔色がよくないな」

伴奏つきで二番目までを歌い聴かせてくれた男が、ふと演奏の手を止めて尋ねてきた。

耳に馴染みよい唱歌は、男の深みのある声で歌ってもらうととても気持ちいいが、その分、ふっと気を抜くと眠気が来る。

「…ここのところ、暑いですから」

あまりよく眠れない、とピアノのかたわらに立った雪乃は子供らしくない言いまわしで、曖昧《あいまい》に言葉を濁す。

「そうか」

軽い失笑交じりに男が応える。

大人の中で立ち働く雪乃の言いまわしは、どうしても劇場の人間が挨拶がてら使うものを聞き覚えたものとなるせいか、時に男を笑わせた。

「確かに蒸すな。寝苦しい夜が多い。辛いなら、ここに座っていなさい」

男は雪乃の手を引き、隣に座らせてくれる。

「具合が悪くなったら、いつでも言いなさい」

そう命じ、男はさらに伴奏を続けた。

のどかなようでおおらかな曲を聴いていると、幼い頃に見た横浜の海を思い出す。晴れた日には、坂の上にあった施設の窓から青く広がる海がよく見えた。

日によっては、潮の香りも強く香った。

豊かで広い、大好きだった海の様子が、男の歌声によって目に見えるように思えた。

もう見ることはかなわないけれど…、と雪乃は首を傾けた。

目が見えたら、見てみたいものがいくつもある。

あの横浜の青い海、最初に男に読み聞かせてもらった『小雪姫』の絵本、そして、この男の顔。

今、美しい声で歌ってくれる男の顔…。

一番に見てみたい…。

切れ長の目はどんな色味なのだろう。髪の色は明るいのだろうか、暗いのだろうか。肌は白いのか、浅黒いのか…、そして、雪乃を見る眼差しはどんなものなのか…。

きっと力はあるけれども、やさしい…。

ふっと気がつくと、雪乃は横になっていた。

とっさに状況が呑み込めず、雪乃は見えない目を大きく見開き、温かな場所から身体を起こそうとする。

「辛いなら、もう少し横になっていていい」

肩を軽く押さえるようにして声をかけられ、頰の下の温かく弾力のあるものが男の膝の上であることに気づき、よけいに焦った。

「…ごめんなさいっ」

どうやら自分が男の膝の上で眠り込んでいたのだと知って、雪乃は慌てて身体を起こし、頭を下げる。

「いや…、こんな時間だ。最初に会ったのが遅かったから、私もこれまで何も考えてこなかったが、お前はまだ小さい。夜、眠れなければ辛かろう」

「違うんです、前はもっと朝、遅かったから…」

言いかけて雪乃は口を押さえる。

しかし、男は勘よく雪乃が呑みこんだ言葉を察してしまう。

「ああ、今は学校が早いんだな？」

雪乃は首を横に振ったが遅かった。

「そうだな…、ならば、次から二日に一度にするか？　お前は呑み込みがいいから、二日に一度でも十分だろう」

男の提案に、雪乃はとっさに男の夏のシャツの袖をつかむ。

「…毎日で大丈夫です」

「大丈夫じゃないだろう？　私ももっと早くに気づけばよかった。思えば、子供がこんなに遅くまで起きているのはよくない」

諭すように言う男の言葉に雪乃は呆然となる。

これまで毎日会えていたのが、二日に一度になってしまう。学校に行かせてもらえることはとても嬉しいけれど、その結果、男に会える回数が少なくなってしまうのなら…。

目許がじわりと熱くなったのを、雪乃は慌てて袖でこすった。

「何も泣かなくてもいい。会えない日には、自分で歌を復習《さら》っておきなさい」

男の指が目許を拭う。

「嫌です…」

雪乃は呟く。さらにこらえきれない涙が、頬を伝った。

とっさに言葉を失ったのか、男が困ったように黙り込む。

「…嫌です」

雪乃は両手を握りしめる。

「会えなくなるのは、嫌です」

我が儘だと知っている。

男の提案が自分のことを慮《おもんぱか》ってのことだというのも、わかっている。

それでも涙が止まらなかった。

「会えなくなるわけじゃない。二日に一度は、これまで通りにここに来る。だから、その分、夜はちゃんと休みなさい。子供は寝ないと育たない。お前はまだ小さいのだから…」

これまで聞いたこともない、困惑したような声で男は雪乃の髪を撫でた。

再び目許を拭った指ははじめて手袋を外していて、温かな指は雪乃の頰を愛しむように撫でてくれる。それがまた、胸を締めつける。

会えなくなるのは辛い、声を聞けなくなるのは辛い。

それが雪乃のためを思っての言葉であることは知っているけれども、それでも毎日この男と会えなくなれば、雪乃は小さくぺしゃんこになって、いなくなってしまう気がする。

この男と会う前は、そんな小さく頼りない自分を意識したことなどなかったのに…。

施設がなくなって、知らない劇場にやらされるのだと聞いた時にも、こんなにいたたまれない気持ちになったことはなかったのに…。

内側から次から次へと溢れ出る、説明もつかない理不尽な感情を持てあまし、雪乃はわぁわぁと手放しで泣き出した。

ごめんなさい、ごめんなさい、勝手を言ってごめんなさいとしゃくり上げながら、それでも毎晩会えなくなると思うと辛くて、涙が止まらなかった。

そして、こんな聞き分けのない自分に愛想を尽かされてしまうのではないかと、必死に泣き声を噛み殺そうとして、よけいに嗚咽はひどくなる。

「…わかった、わかったから、雪乃」

温かな胸に抱き寄せられ、雪乃は涙で汚してはいけないはずの麻のベストに必死に縋《すが》る。

着馴らした麻の肌触りはさらりと心地よく、抱きしめてもらうといい匂いがして、悲しいのにとても安心した。

雪乃は細い腕を懸命に男の背に伸ばす。

この人が大好きなのだと、毎晩会えないと思っただけでどうしようもなく泣けてくるのだと、切実に理解した。

そして、こうやって抱きしめてもらえると、こんなに悲しいのにそれだけでずいぶんうっとりと幸せな気持ちになることも、子供ながらに理解できた。

「じゃあ、もう少し時間を短くしよう、雪乃。それで毎日だ」

それでいいかと尋ねられ、雪乃は何度も頷く。

自分がひどい我が儘を言ったことには、消え入りたいような恥ずかしさを覚える。

「…ごめんなさい」

雪乃は男に抱きついたまま、呟く。

「聞き分けが悪くてごめんなさい…。お洋服も汚してしまって…」

他に謝りようもなくて、雪乃は何度も詫びた。

「いや、いい。これまでよく我慢して頑張ったな」

トントン、と軽く背中を叩いてもらってようやく、発作のようだった嗚咽も収まってくる。

「もっと早くに気がついてやればよかった」

男は悔やむように呟くと、また雪乃の髪や頬をやさしく撫でてくれた。

最初に会った時よりも、ずっとずっとやさしい人なのだと、雪乃はみっともなくぐずった自分への気恥ずかしさからうつむく。

いや、雪乃にねだられて歌を聴かせてくれた時から、この人は物言いこそ素っ気なかっただけで、ずっとやさしかった。

この人が大好きだと、今さらのように雪乃は思う。

いつも雪乃を可愛がってくれる姐さん達よりも、施設で雪乃に天使の絵を見せてくれたシスターよりも、この人が一番に好きだと雪乃は思った。

Ⅶ

その晩も英彬がいつものように出かける用意を調え、玄関へと降りようとしたところに、外から嘉彬が帰ってきた。

「兄さん」

ちょうどよかった、と嘉彬は声をかけてくる。

英彬が出かける支度をしていることには気づいているだろうに、このよく気のつく弟が、お出かけですかとも尋ねないのは、行き先を知っているからだろう。

ならば自分が言う必要もないと英彬が階段を下りてゆくと、嘉彬は出迎えに出ていた使用人の菊池《きくち》に持たせていた鞄を開ける。

「これを…」

弟は百貨店の紙包みを手渡してくる。

「何だ?」

「昼間に銀座に寄ったので、土産です。たまにはこういうのもいいかと」

包みを開いてみると、中にはキャンディーやクッキーが入っていた。

英彬は革の仮面の奥の目を眇《すが》める。

「前を通りかかって、つい、昔が懐かしくなりましてね。子供の頃、よく一緒に食べたでしょう？」

英彬の肩をポンと楽しげにひとつ叩くと、嘉彬はさっさと食堂の方へと行ってしまう。

ここのところ、英彬がチョコレートやキャラメルといった、子供の好むような舶来物の菓子を内村に何度か用意するように命じたのが、耳に入ったのか。

英彬が劇場に毎夜通って、甘いお菓子を渡してやる相手が十を過ぎたばかりの少年だと知ったら、弟はどんな顔をするのだろう。

それとも、以前に雪乃のことを調べさせたこともあるので、雪乃にやってくれという意味なのだろうか。

嘉彬は頭も切れるしよく気はつくが、案外基本が抜けているところもあるので、意外にわかっているようで、わかっていないのかもしれない。

帰りも以前より早くなり、十一時前には戻ってくるようになっている。何をどこまで気づいているのやら…、と英彬は屋敷を出て、用意された車に乗り込んだ。

雪乃に泣かれた時には面食らったものだが…、と英彬はあの雪乃が手放しで泣いた時の夜を思い出し、暗いシートでふと笑みを洩らす。

何も我が儘を言ったことのない、最初に歌を聴かせてくれとねだった時以外には、望みらしい望みも口にしたことのない雪乃が、英彬に毎晩会えなくなるというだけで、あんなに泣くとは思いもしなかった。

小さな身体に溜めていたものが一気に溢れだしたように泣かれて、とっさにどうしようもなく愛しいと思ってしまった。

これまで何人かの女性とは関係を持ったが、あんなに手放しに英彬に会いたい、恋しいと泣く相手はいなかった。

会いたいと乞われたことはあっても、もっとその裏には細やかな計算やしたたかさ、自分本位な欲求が見えた。

もっとも、男女の仲など、そんなものだと思う。恋愛面での利己主義《エゴイズム》は英彬も同じだから、互いに割り切ればいいだけの話だった。

子供は大人に比べて一日が長い、時間の流れがゆっくりである、現在《いま》が永遠に続くように思えるという話は聞いたことがある。

雪乃にとって明日の夜に会えないというのは、三日にも、一週間にも思えることなのだろうか。

そんなまっすぐな考え方が愛しいのだと、英彬は窓の外を流れる暗い夜の街を眺める。

それとも、愛しく思っていたのはもっと以前からだったのか…。

英彬は膝の上で小さな身体を丸めるようにして眠り込んでいた、幼い子供の様子を思い浮かべる。

学校での学習態度はすこぶるいいと聞いている。おそらく朝早くに起きて、真面目に学校に通っているのだろう。そして、日中は懸命に働き、夜はいつもあの人の退けた劇場で自分を待っている。

夜遅くまでの英彬のレッスンはそれなりに厳しいものだったろうに、睡眠時間が足りずに辛いなどといった愚痴は一言もこぼしたことはなかった。

ただひたすらに自分に懐く子供が、あんなにも可愛らしく思える日がくるとは、考えてもみなかった。

大人のように口が立つわけでもないのに、いつもあんなに計算もなく、英明の中から様々な感情を引き出してゆく不思議な子供。

怪我を負って以来、笑うことを忘れていた自分が、まさか雪乃の一言であんなに声を上げて笑うとは思いもしなかった。本当にあの瞬間は、英彬は自分の負った疵《きず》や痛みを忘れ、腹を抱えて笑っていた。

疵を負う前を思い出してみても、成人してからはあんなに心底笑ったことは何年もなかったかもしれない。洋行が決まる以前から、すでに表面上取り繕った笑いに慣れて、声を上げて笑うことはなくなっていたような気がする。

あんなに屈託なく笑ったことを思い出せるのは、子供の頃、嘉彬と共に悪戯《いたずら》をしでかして笑っていた時ぐらいだろうか。

同時に、馬鹿げた感傷だと、そんな自分の中の想いを一蹴する気持ちもある。

相手はあんな小さな子供だ。愛しいだとか、愛しくないといった対象にするのがおかしい。それぐらいの自制心や分別はあるつもりだ。

それとも雪乃が少女なら、自分はその成長を待とうと思うのだろうか。

異国の血が入っているだけに、青い目は澄んで美しい。顔立ちは幼いながらに、鼻筋も通ってよく整っている。目は見えずとも、日本人離れした容姿は、育てば多くの人目を引くだろう。

しかし、十五歳も歳の離れた子供の成長を…？

そこまで考えかけて、英彬は頭をひと振りした。

それもどうかしている。

そもそも自分はあの少年に歌を教え込み、いったい何をしたいのだろうか。

あの目では、歌で独り立ちすることも難しかろうに…。

劇場に着いた英彬は車を降りると、いつものように裏口から舞台袖へと向かった。

ピアノの側には、すでに雪乃が見慣れた粗末な着物に身を包み、立っていた。

会った頃に比べると、背が伸びたのだろう。袖や裾丈が少し短くなっている。

学校にも通っていることだし、そろそろシャツやスラックスを与えるように手配してやってもいいかもしれない…、英彬がそう思いかけた時、雪乃も英彬の入ってくる気配に気づいたらしい。

ぱっと顔を輝かせて、その嬉しそうな顔を英彬の方へと振り向けてくる。

あいかわらず、耳がいい。

劇場内のことなら、たいていはわかると言っていたが、静かな夜の劇場内では本当に見えているかのように音を聞き分ける。

以前、英彬の着ている服の素材や丈などを言い当てた時には、本当に驚いた。

布の触れあうかすかな音、声の出る向きや位置などで、相手が何を身につけていて、どんな動作をしたかを非常に敏感に察している。

声の調子、話の内容によっては、こちらの表情すらも細やかに察していた。そこいらの無神経な人間よりは、よほど鋭敏に英彬の気持ちを汲み取る。

でも、見えているわけではないことは、半ば伏せた瞳や、その瞳の焦点の合っていない様子からわかる。

この子供は持ち前の豊かな感受性から、誰に命じられたわけでもないのに、全神経をそばだてて音で周囲を観察しているだけだった。

そんな雪乃の笑顔を見ると、英彬は車の中で考えていた些末なもの思いなどどうでもよくなってしまった。

歌を望むというのなら、与えよう。

毎晩会いたいというのなら、会いに来よう。

ただ、それだけの話だ。

「待ったか？」

「いえ、さっき来たところです」

年のわりには大人びた受け答えも、聡明な証《あかし》だろう。

英彬がよけいな気を揉まなくても、この子は哀れなぐらいに自分の分をわきまえている。

本当に哀れなほどに…、と英彬は目許を和ませた。

「今日は土産がある」

英彬はさっき嘉彬に手渡された紙包みを、雪乃の手に握らせてやる。

「何ですか？」

包みを開けるのに苦労しているのを手伝い、キャンディーやクッキーをとりだしてやる。

「洋菓子だな。キャンディーは喉にいいし、クッキーも栄養価が高い。お前はもう少し太らないと」

声が出ないぞとからかってやると、雪乃は頬を染めて恐縮した。

「いつもありがとうございます」

舶来物の菓子など、少ない給金ではとても買えないと、以前も小さな身体をさらに縮めるようにしてさかんに申し訳ながっていた。

チョコレートを口に入れた時には、こんなに甘くて美味《おい》しいものは知らないと、相好を崩して喜んだ。あの幸せそうな表情は、今も忘れられない。

「いいから、遠慮せずに食べなさい」

キャンディーだけは、今、ひとつだけ食べてもいいと包みを解き、口に入れてやると、ようやく雪乃は子供っぽい笑顔を見せる。

「美味しいか？」

尋ねると、はい、と嬉しそうに頷く。

「今日は昨日の続きで、『Lascia《ラシャ》 ch'io《キオ》 pianga《ピアンガ》——私を泣かせてください』だ。まず、聴いていてごらん」

雪乃の指を開いた点字音符の上に置いてやり、英彬はピアノを弾きはじめた。

三章

I

毎晩の練習を重ねながら日々を暮らし、雪乃が十二の歳になったある秋のことだった。

その日は喉の慣らしに、英彬は雪乃にシューベルトの『Ave Maria《アヴェ・マリア》』を歌わせていた。

雪乃の得意なレパートリーともいえる曲で、普段は澄んだ美しい声でなんなく歌ってみせる曲だったが、その日は出だしから妙に辛そうだった。

ゆるやかに上がってゆく高音部で、一瞬顔を歪めて喉を押さえた雪乃に、英彬は伴奏の手を止める。

「どうした？」

朝晩が急に冷えこむようになっていたので、風邪でもひいたのかと思った。

喉は冷やさないようにと常々言い聞かせていたが、それでも調子の悪い時もある。

「すみません、もう一度お願いします」

答える声が微妙にかすれて、いつもより低い気がする。

「喉が痛むなら、無理はするな。風邪をひきやすい時期だしな。痛みは今日からか？」

昨日の晩は何の苦もなく歌っていたはずだと、英彬は尋ねる。

「さっきまではそんなに…、多分、少し引っかかっただけだと思うんです。もう一度、歌ってみていいですか？」

見た目の線の細さよりもはるかに性根のある雪乃は、喉に手をあてていくらか声を出した後、首をかしげて食い下がる。

英彬は微笑むと、雪乃の様子をさっきよりもつぶさに観察しながら、もう一度前奏からはじめてやる。

次は最初の発声から声はかすれて、雪乃は自分でも驚いたような顔となった。

ふと原因に思いあたった英彬は、ピアノを弾く手を止める。

「雪乃、声変わりじゃないか？」

「声変わり？」

喉を押さえた雪乃は、頼りない表情を見せる。

「そうだ、声帯や喉の骨が発達して大人の男の声になる時期だ。年齢的にそろそろだろう」

英彬は細い身体にシャツとスラックスを身につけた雪乃を眺める。

まだまだ身体は薄く、サスペンダーをかけた肩はあまりに頼りなくて、シャツが余っている印象を受けるが、身長はこの二年でかなり伸びた。

子供っぽく丸みを帯びていた頬や顎まわりは細くなり、表情はずいぶん大人びた。特に雪乃は父親が異国人なせいだろう。同じ年頃の少年達よりも、まださらに雰囲気は大人びて見える。

「この時期はどうしても、今までのような高音が出なくなって当たり前だ。声が安定するまでは、うまく音もとれない。喉を含めた身体自体が成長しようとしているからな」

「…もう歌えなくなりますか？」

雪乃は喉を押さえたまま、怯えたような表情を見せる。

「いや、歌えるが無理に高音域を出すのは、喉に負担をかけてしまう。変声期が終わるまでは、練習も無理のない範囲にとどめないと」

雪乃はわかったような、わかっていないような表情を見せた。

自分の身体があずかり知らぬところで勝手な成長を遂《と》げようというのだから、不安に駆られるのも無理はない。

「変声期は、男なら普通にあるものだ、雪乃。お前のまわりの大人の男は皆、子供の頃は女の子と大差ない高い声だったんだし、私もそうだ」

英彬は雪乃の肩の辺りをトントンと、軽くなだめるようにたたいてやる。

「…あなたも？」

雪乃は不安そうな表情ながら、どこかほっとしたような顔を見せた。

「ああ、もう昔のことだから忘れてしまっていたが…」

自分が声変わりの時はどうだっただろうかと、英彬は思い起こす。

声がかすれはじめたのは嘉彬の方が先で、風邪だろうかと訝《いぶか》っていた。そんな嘉彬の笑い声が、上の方で変によじれるのがおかしいと、二人でくすぐりあい、一緒になって笑った。

急にとんと声が低くなったのは、英彬の方が先だった。

それから続いて嘉彬の声が低くなって、自分とよく似た顔を持つ弟が低い声で話す様子に、自分の声が低くなったことよりも違和感を覚えたものだった。

そして、自分の声は他人からこんな風に聞こえるのかと不思議にも思った。

人が聞く自分の声というものをはっきりと意識したのは、あの時が初めてだったように思う。

それまでは歌っていても、嘉彬とよく似た声、重ねあうとよりきれいなハーモニーになる…、その程度の認識だった。

変声後、嘉彬が英彬の歌う声に目を見張ったことがあったが、あれも自分と同じ声がここまで豊かな響きになるのかと驚いたからだと言っていた。

この子はいったい、声変わりによってどんな声になるのだろう、と英彬は目を細める。

美しいボーイソプラノが失われてしまうのを惜しいと思う一方で、異国の血も入った雪乃のことなら、それなりに体格もよくなって、テノール、あるいはバリトンへと変わるのではないかという期待もある。

場合によっては、英彬よりも背も伸び、声も低くなることもありうる。

この綺麗な声の響きは失わずにいてほしいが、これぱかりは天与のものなので何ともいえない。

「悪いことばかりじゃないんだ、雪乃。これから、大人の声になってゆくのだから」

「大人の声…」

雪乃はしばらく考えた後、見えない目を英彬の方へと向けてくる。

「あなたのような素敵な声になれますか？」

「さぁ、どんな声になるかな？　だが、今より一オクターブは低くなることは間違いない」

楽しみだな、と言い添えてやったが、雪乃の表情はまだあまり晴れない。

その憂いのある表情に、二年ほどでこの少年はずいぶん豊かな表情を持つようになったのだなと、英彬はあらためて思った。

「練習の時間は減りますか？」

雪乃はまだおぼつかない表情を見せる。

憂いの正体はこれなのかと、英彬は雪乃のよく整った横顔を見た。

盲学校に通い始めてから、練習も早めに切り上げるようにしているので、さらにそれがなくなるのではないかと不安なのかもしれない。

以前のように手放しで泣く気はないのだろうが、その寂しそうな表情に英彬もむげにもできない気持ちになる。

哀れな境遇の少年にほだされているのか、それとも保護者、師弟愛としての気持ちなのか、あるいはそれ以上の複雑な気持ちなのかはわからない。

それでも英彬は、この少年の塞ぐ顔を見たくなかった。

「いや、歌そのものはあまり歌わない方がいいが、まったく歌わないと声も出なくなる。とりあえずは無理のない範囲で、発声練習をしてみよう。あとはそうだな…、曲を聴くのも勉強になるし、お前の学校の計算などを見てもいい」

「…計算は」

雪乃はここへきてはじめて、少し照れたような表情を見せた。

「あまり早くないんです。成績もそんなに…」

「ならば、一度見てみよう」

英彬の申し出が意外だったようで、雪乃はきまりの悪そうな、はにかんだ表情を見せる。

「呆《あき》れないでくださいね」

その背伸びしたような言いまわしがおかしくて、英彬はつい笑ってしまう。

「あまりに遅いとな…、いや、一度見てからだ」

練習日が減らないと知って、ようやく気持ちも落ち着いてきたのか、英彬のからかいに雪乃も首をすくめてみせる。

出会った頃とは違って、はにかむような表情や仕種からも徐々に幼さが抜けてきている。

こんな年頃の子供を近く見たことのなかった英彬は、新鮮な思いで雪乃のすんなりと伸びた首や腕、まだまだ細い肩まわりを眺めた。

そして、少女とはまた違う、少年期特有の繊細な表情を何とも愛しいような気持ちで見ていた。

Ⅱ

雪乃の声変わりが始まってから一年ほどで、変声は徐々に低く落ち着いてきた。

英彬はその様子を見ながら、ソプラノからアルト、そして、テノールの無理のない範囲で歌わせるようになってきていた。

「どうだ、痛むか？」

ピアノの間奏部で声をかけてやると、雪乃は笑顔で首を横に振る。

少しずつ慣れてきたとはいうが、自分でもまだ喉から出る声に違和感を覚えるようだ。

一時は声がかすれてしまってほとんど歌うことができなかったこともあるが、その間も英彬は劇場へと通い続けた。

そんな日には本を読み聞かせたり、譜読み、曲の解釈、ドイツ語曲やイタリア歌曲の発音などを教えた。

時には唇や喉に直接に触れさせ、目で見て口の動きを確かめることのできない雪乃に、発声を教えたこともある。見えない雪乃がこわごわ自分に触れてくるのは、どこかくすぐったい思いを抱《いだ》いたこともある。

そしてその度、やや不純に揺らめく自分の思いを、馬鹿げたことだと理性で遠ざけた。

今は雪乃の声域も徐々にテノールに落ち着いてきて、まだ不安定さはあるが、一時はガサガサしていた声に艶も戻ってきている。

英彬よりは声に重さはなく、逆に若く軽やかさのあるテノールだ。このまま、無事に落ち着いてくれればいいと、英彬はまた少し背の伸びた雪乃を眺めた。

「今日はこれで終わりにするから、蜂蜜を舐めておきなさい」

喉にいいと声楽家が愛用する蜂蜜を、英彬はこの半年ほどずっと雪乃に与え続けた。

「はい」

おとなしく器へと手を伸ばした雪乃の手が、少し外れた場所を探る。

英彬は微笑み、器を手に取ってやった。

「ほら」

匙《さじ》で蜂蜜をすくってやると、雪乃はおとなしく口を開く。

匙を口に差し入れてやると、雪乃はいつものようにはにかんだ表情で小さく頭を下げた。

雪乃が細く糸を引く蜂蜜を口に入れるのに苦労しているため、何度か見かねて、こうして舐めさせてやったことはあるが、本人とってはずいぶん気恥ずかしいらしい。

うっすらと頬を染め、匙を舐めとる様子はずいぶん可愛らしいが、いつまでも子供扱いするのもよくないのかもしれない。

「このままテノールで落ち着くかな？」

英彬は匙を雪乃の口から引き抜いてやりながら声をかける。

「…あなたみたいに、素敵な声にはなれませんでした」

英彬の声が好きだといつも邪気もなく言う雪乃は、小さく笑う。

「そのままで十分だ。声は一人一人違うものだしな。それにまだ、低くなる可能性もある。もう少し声域も安定すれば、劇場《ここ》で歌うこともできるようになる」

ずっと劇場の下働きでいるよりは、劇団員として歌える方が給金もいい。

英彬の言葉に、雪乃はずいぶん分別くさい顔で微笑んだ。

「もっと、何か役付きを狙うのもいいかもしれないな」

からかってやると、いえ…、と雪乃は首を横に振る。

「それとも、何かやりたい仕事があるなら、それもいい。お前は呑み込みが早くて、機転も利く。学校を出たというなら、今までとは条件も違う」

さほど仕事に選択肢があるわけではいなが、雪乃は盲学校の成績もいい。

最近は盲学校を出た者に職業を斡旋《あっせん》しようという試みもいくらかあるようなので、雪乃が望むなら劇場を出る方法もあると英彬は示唆する。

むしろ、この劇場で端役を続けるよりも、確実なのかもしれない。できることなら、雪乃の可能性を摘みたくはなかった。

「…それでも、小鳥は歌を忘れない」

そんな英彬の思惑を見越してか、雪乃はピアノの鍵盤をなぞり、小さく歌うように呟く。

これは何かの歌詞だったのか、それとも雪乃に読み聞かせてやったお伽噺の一節だったか…、と英彬はそんな雪乃の白い顔を黙って眺める。

「確かに目は見えませんが…」

雪乃は見えない瞳をまっすぐ前に向けたまま、静かに答えた。

「僕にはあなたが教えてくださった歌がある」

考える以上に自分の思考に巧みに沿ってくる雪乃に、英彬も失笑する。

「欲がないな」

「ええ、こうして歌っていられれば幸せです」

雪乃は言い、その後、手でいくらかピアノの上に置かれた英彬の手を探るような様子を見せた。

どうしたのかと手袋をはめた手を差し出してやると、雪乃はそっと大事なものを握りしめるように、英彬の手を胸許に寄せる。

「歌って…、そしてあなたが歌を聴いてくれる。それだけで十分幸せです」

「…そうか」

あまりに素朴で、あまりに無垢な願いを、世間知らずとあしらってしまうのは憚《はばか》られた。

「それ以上を望まなければなりませんか？」

大人びているようで、ずいぶん子供っぽい問い。この計算のなさが時に心配なのだと、英彬は愛しい愛弟子《まなでし》に低く尋ねる。

「望む気はないのか？」

雪乃はしばらく黙った後、呟いた。

「…無理だとわかっているけれど…、あなたのお顔を見てみたい」

予想もしない答えに虚を突かれ、一瞬、英彬も言葉を失った。

そして、不可能でたわいもないその願いを軽く受け流す。

「後悔するかもしれないぞ」

しかし、なぜか雪乃の願いには、普段、自分に向けられる好奇の目に対するような苦々しさを感じなかった。

「…もともと、詮《せん》ない願いだとわかっています」

雪乃は以前よりもはるかに低くなった、まだかすれの残る声で答える。

「いつまでも、こうして歌を教えてもらえれば、それで十分です」

「そうか…」

あまりにもたわいない少年の願いに、英彬はただ頷いた。

Ⅲ

雪乃が男と出会って、六年ほどの月日が流れた。

雪乃にとっては、いつも男と二人きりの時間は夢のように過ぎてゆくから、気がつけばいつのまにか六年も経っていたと驚くばかりだった。

その間に雪乃の声は滑らかなテノールへと変わり、背は男ほどではないにせよ、すらりと伸びた。

それでもまだ、男の身長は雪乃よりも頭半分ほど高いだろうか。

雪乃は外国の血が入っているから、きっと背が高いんだろうと姐さん達は言うし、雪乃もそうなのだろうと思う。ただ、雪乃は背が伸びただけでまだまだ痩せっぽちだ。顔や手脚もほとんど日に焼けずに、青白いままらしい。

男にはまだまだ身長も体格も追いつけない。

子供の頃、ずいぶん背の高い人だと思ったが、やはり男は相当な長身だった。雪乃の知る中では、この男を越える背丈を持つ人間はいなかった。

声も六年経っても、まったく衰えを見せない。それどころか、より深みや円熟味を増したような気さえする。

男は声だけ聞いていると三十歳前後のようにも思える。

しかし、常に手袋を身につけていて、ずっと以前に顔に触れさせてもらったとき以来、肌には直接に触れたことがないので、実年齢については見当もつかない。

だから、男について雪乃の知る顔は、あの子供の頃に触れた彫りの深い端正な顔立ちのままだった。

不思議な人だ…と、オーケストラボックスで男が伴奏してくれるピアノの横に立った雪乃は思った。

盲学校への入学についてもはっきりとした答えはもらえないままだったが、支配人の言った篤志家というのはこの男のことに間違いないだろうと雪乃は確信していた。

雪乃は結局、盲学校で中等部までを学んで学校を終えた。

雪乃がその気なら、篤志家の方はさらに上の学校に進んでもいいとおっしゃっていると支配人には聞いたが、雪乃は丁寧に辞退した。

学校を卒業した去年からは、正式に劇団員となることも許されて男性の合唱パートにいる。主演を務めるのは、たいてい外国から招かれた本場のオペラ歌手だ。

たまに日本人のオペラ歌手が主演を務めることもあるが、その技巧はやはり本場の歌手にはとうてい及ばず、またその分、客入りも落ちる。

むろん、雪乃などはその日本人歌手にも及ばない。まだまだ役名もつかない大勢の団員の中の一人だが、それでも雪乃は満足だった。視力がなくとも、数名の団員の中で混じって歌っていれば、ちょっとした動作でも助けてもらえるし、雪乃の目の悪さが目立つこともない。

しかし、男はそんな雪乃の身の振り方や劇中の役割について詳しく尋ねてくるものの、その仕事内容については何も口をはさまなかった。

ただ、時折、雪乃に魔法のように新しい点字の本や譜面を贈ってくれる。

雪乃に思いもしなかったような贈り物を次から次へと贈ってくれ、ほとんど毎夜、飽きることなく雪乃に歌の魅力を教えに訪れてくれる、強き庇護者《ひご》にして導き手…。

この男の正体を知りたいという強い気持ちはあるが、同時に雪乃は男が本当に人の姿を借りた天使なのではないのかと、まだどこかで信じていた。

男はあいかわらず、自分の身の上についてはほとんど話をしなかった。

元はハイバリトンだというだけに、男は本来テノーレ・ドラマティコと言われる声種だった。

それをどこで歌を学んだのか、男は軽やかで若々しいテノーレ・リリコの役から、華やかでよりドラマティックなリリコ・スピント、さらに重厚な重みのあるドラマティコまで容易に使い分ける技量を身につけていた。

男がこの帝国オペラ座主演の歌手達もとうてい及ばないほどの優れた歌唱技術をなぜに持っているのか、家族は誰なのか、どこに住んでいるのかなど、ほとんど漏らすことはない。

あまりうかうかと男の身元や住まいなどを尋ねて、男が雪乃に嫌気が差してしまったらどうしようと恐れ、男が語る以上のことを雪乃はまだ何も聞いたことはない。

もしかして、毎夜男がやってくる楽屋裏あたりで身を潜めて待っていれば、どうやって男が現れるのかわかるのかもしれない。

しかし、雪乃はそうまでしてわざわざ男の正体を探りたいとは思わなかった。

男が語りたいと思えば、いずれ雪乃にも話してくれるだろう。それをあえて口にしないのは、おそらく雪乃にもその正体を知られたくないから、あるいは知られるとなにがしかの差し支えがあるのだろうと、雪乃なりに考えたからだった。

今、雪乃は男の前でアカペラで『アメージング・グレース』を歌い上げている。

久しぶりに課題として歌ってみろと言われ、はじめは若干の緊張もあったが、何よりも好きな歌のひとつである『アメージング・グレース』を歌えることが嬉しく楽しかった。

ごくわかりやすい詩だが、メロディは限りなく美しく、男が教えてくれたその歌詞は雪乃にとって、とても意味深いものだった。

――かつて暗闇を歩いていた私に、神の御手が差し伸べられた、

盲人に一筋の光が与えられたように…

まるで雪乃のことを歌っているようでもある。静かな曲だが、歌っていくうちにどんどん気分が高揚してゆく。

最後は自分で思っていた以上にのびのびと高みに届くように歌え、終わる頃には肩の力がふっと抜けたような解放感すらあった。

「悪くない」

雪乃は男に微笑みかけた。

「独唱曲ならば問題なく十分に魅力的だ。特に神の恩寵《おんちょう》や御恵みといった歌なんかを歌わせると、お前の右に出る者はいないな。本当に私ですら神を信じたくなるほどだ。声はどこまでも澄んでよく伸びるし、技巧も表現力もある。歌う表情も天使のように無垢でいい」

ほめられ、雪乃はうっすらと頬を染める。

だが…、と男は言葉を続ける。

「オペラの掛け合いなどになるとまだ少し綺麗すぎて、現実味がないように聞こえる。まるで小鳥がさえずる恋歌でも聴いているようだ。美しいが、身を持ち崩すような危険な情熱、ほとばしるような恋慕の情などは胸に響いてこない」

響いてこないと言われ、雪乃はいくらか瞬《まばた》きをする。

技巧的にまだまだ拙《つたな》いのは承知だ。身を持ち崩すような危険な情熱について、自分が高らかに歌い上げることなど想像もできないから、男の指摘はもっともなものだろう。

「お前のようなテノールはオペラでも花形だ。私ぐらいのハイバリトンなら、多少の無理はしてもテナーとして歌う者も多いぐらいの理想的な声域だ。これで恋を知れば、お前は歌手としてもっと伸びる」

雪乃は口許に笑みを刻んだまま、首を傾けた。

雪乃は外の世界をほとんど知らないが、歌劇団の女達の雑談の中で男と女の話は頻繁に出てきたし、それにまつわる色めいた話、房事の内容なども見かけよりはずっとよく知っているつもりだ。

女達は子供の頃から、むしろ子供で話の内容などわからないと思っていたのか、雪乃が横にいても赤裸々な話を平気でしてのけていた。だから、愛し合った男女がどうなるのか、相手に捨てられた男や女がどんなに惨めなものか、どんなに相手を恨むのか、まるで三文記事のような色恋沙汰の話は山のように聞いている。

どうやって女が子供を孕《はら》むのか、どんな女に男は溺れるものなのか、雪乃は下手な学生などよりもよほど、そんな男女の仲について詳しく知っていた。

声変わりも終わった今は、前のように女性用の楽屋でずっと過ごすことはないが、それでもあからさまな話は、依然耳に入る。

中には、雪乃の筆おろしをしてやろうかとからかう姐さん達もいたが、雪乃が困ったような顔を作ると結局、皆冗談として笑い飛ばしてしまう。ウブすぎてお話にならないと、最後にはからかわれるのがおちだった。

「自分でも、歌詞の意味がピンとこないんです。どうしてそんなに誰か一人に情熱を傾けられるのか、どうしてそんな愚かしい行為に走ったりするのか…。恋のために命を捨てたり、嫉妬に狂って相手を殺したり、遠ざけたり…。劇場の姐さん達の話を聞いてもそうです。どうしてそんなに一日中、相手のことばかりを考えていられるのか、あんなに浮かれて華やいだ声を出せるのか…、いくら聞いてもわからない」

男にこうして歌を教えてもらっていれば幸せな雪乃とはほど遠い、惚れたの腫れたの、裏切っただのと、あまりに生々しい話の数々はかえって現実味がなかった。

「それはまだ、お前が本当の恋を知らないからだろう、雪乃」

以前、男女の機微がわからないかと尋ねた男は、からかうわけでもなく、静かに諭すように言った。

「恋って…？　僕にもできますか？」

雪乃が首を傾けるのに、男は苦笑する。

「恋は頭でしようと思ってするものじゃないよ、雪乃。気がつけば、我知らず夢中になっているもの…、そういうものだ」

難しい、と雪乃は思った。気がつけば夢中になっているのは、今は雪乃にとっては歌ぐらいのものだった。まだまだ本物の恋は、ほど遠いような気がする。

助け船を出そうというのか、男は尋ねてくる。

「誰かいないのか？　可愛らしくてかまいたくてたまらないとか、愛おしくて会うのが待ち遠しいとか…、相手が誰か異性と話しているとむやみに焦りや不安、憤りを覚える…、そんな感覚を抱く相手は？」

この劇場の中だけが雪乃の人生のほとんどであるのに、いったいどうしてそんな相手を得られよう…と、雪乃は少し不安を覚えた。

そんな腫れた、惚れたという劇的な想いがないと、いつまでもオペラの掛け合いが上達しないというのなら、いつかはこの男に愛想を尽かされてしまいそうで焦る。

「まだ、そんな気持ちは知らないか」

男の声が子供をいなすような笑いを含む。

「その無垢さはお前の魅力であり、同時にお前の稚《いとけな》さでもある」

雪乃は昔のような子供扱いをするそんな男の言葉がいつになく恨めしいような気分になり、わずかに下唇を噛んでうつむいた。

男は笑って立ち上がると、そんな雪乃の両手首を取る。

「私の可愛い雪乃」

ふいに息もかかるような位置で腰のあたりを抱き寄せられ、雪乃は耳まで真っ赤になった。

男のつけた柑橘《かんきつ》系のコロンの香りが強くなり、胸がどぎまぎと激しく動悸《どうき》打つのがわかる。こんな風に誰かに抱き寄せられるのは初めてだった。

姐さん達はよく雪乃を抱きしめたり、腕を組んだりしてくるが、こんな静かな二人きりの空間で抱かれるのは初めてだ。

いや、小さい頃はこうして何度か、抱きしめられたことがある。雪乃が泣いた時だったり、男が大笑いした時の話だ。

だが、今はあの時とは事情が違う気がする。

よくわからないが、身体中の力が抜けていく。いつまでもこうしていたいような、これまで感じたことのない甘美な想いだった。このまま離されたくないと、雪乃は男の背にそっと腕をまわす。

雪乃よりもはるかに広い肩、厚みのある胸…あの豊かで深みのある声を朗々と響かせることのできる胸は、子供の頃のようにそっと寄り添っているとそれだけで安心できた。

このままずっとこうしていたいと言ったら、こうして抱きしめていてもらえるだろうか。

それとも、男の雪乃がこの人にこうして抱きしめていて欲しいと思うのは、あまりに不自然だろうか。

この人はこんな風に、誰かを抱きしめてきたのだろうか…、そう思うと甘さの内になんとも複雑な苦い思いもこみ上げてきて、雪乃は男の胸に頭をもたせかける。

恐ろしいまでに巧みに魅惑的な恋の歌を歌ってみせるこの人は、おそらくいくつもの大人の恋を知っているのだろう。

そう思うと、てんで幼い時分はまったく相手にされていないようで寂しい。この人の中では、いつまでも自分は幼いままなのだろうか…、と自分でも説明しがたい混乱に陥る。

「恋を知らない無垢な小鳥も悪くないものだ。焦る必要はない。いつか時期が来れば、お前も自然に誰かに心を傾ける日がやってくる…」

様々に戸惑いながらも、雪乃は布越しに伝わるその低い響きにうっとりと耳を傾ける。

…そう、無理に誰かと恋する必要などない。

こうして二人でいられれば、それだけで自分は幸せになれるから…、雪乃は瞼を閉ざし、男の厚みのある胸に頬をすり寄せる。

この人が、恋を知らない無垢な小鳥である間は、雪乃を悪くないと言ってくれるなら、今はただ、じっとこうしていたい。誰とも恋などしたくない。

誰にも邪魔されることのない、この二人きりの夜のわずかな時間さえあれば、十分に自分は幸せなのだから…。

Ⅳ

その年の九月からの演目は、帝国オペラ座でも人気のある『椿姫』だった。

昨年、主演を務めていたフランスのオペラ歌手とはキャストも舞台セットも一新して、今年はイタリアから歌手を招いて来年一月まで公演する予定である。

『椿姫』は、雪乃があの男と出会うこととなった演目でもある。

そのため、雪乃はこの舞台を前から特別なもののように思っていた。

公演は初日から大当たりで、連日チケットは完売だという。支配人はずっと上機嫌で、毎公演ごとに劇場玄関に立って客を出迎えている。

しかし、それも十月半ばまでのことだった。

主演のアルフレード役の歌手が公演中から喉の痛みを訴え、声を出せなくなってしまった。

数日前からどうも声が精彩を欠いているようだと雪乃も思っていたが、声帯を相当激しく痛めているらしく、当面、公演で歌うことはできないということだった。

翌晩はメインキャストの中から無理に一人を繰り上げ、何とかアルフレードの代わりとした。

だが、やはり突然のことなのでイタリア語の歌詞は始終間違うし、ヴィオレッタとの掛け合いでは間合いを外して、プライドの高いヴィオレッタ役のプリマドンナを激怒させる始末だった。

むろん、観客の反応も冷ややかなものだ。

このままでは一月までの全公演がキャンセルになってしまうと、支配人は血相を変えて代役を捜している。

けれども、今回の舞台にいくつかの編曲や書き下ろしとなった部分もあるので、喉を痛めたイタリア人レベルの代役は急には見つからないのではないかと、団員達は舞台裏で噂《うわさ》しあっていた。

第一、日本での長期公演のためにわざわざ外国の高名な実力ある歌手を海外から呼んでこれるのは、日本ではまだこの帝国オペラ座と帝国劇場ぐらいのものだ。

海外から代役を呼ぶにしても、日本に来てもらうまでの間、誰かしら代役を立てなければならないのは確かだった。

雪乃が支配人室に呼ばれたのは、その日の昼過ぎのことだった。

「…どうなんですかね、正直なところ。あの子は異人の血は混じってますが、日本語しか話すのを見たことありませんよ。イタリア語の歌詞など、とてもとても…」

ドアをノックする前に、部屋の中から声が漏れてくる。

オーケストラの指揮者の声だと、雪乃は気づいた。自分より先に呼ばれていたらしい。

日本人だが、何でも東京音楽学校を出たあと、欧州に留学したほどの経歴の持ち主だと聞いたことがある。それなりに実力も買われているようで、常から支配人にも臆した風なく意見する。

そして、彼の言う異人の血が混じっている云々《うんぬん》というのが雪乃のことを指しているのも、すぐにわかった。

「所詮《しょせん》、ただの劇団員の一人ですよ。まだ役付きになったこともない。そんな舞台度胸はありますかね？　それに目が見えない。こいつは致命的ですよ」

この声は演出家だ。

雪乃は脚が震えるのを感じた。誰が雪乃を起用しようと言い出したのかは知らないが、確かに彼らの言うとおり、とんでもない話である。

雪乃は今にも逃げ出したくなる気持ちを抑える。

内容が何であれ、なにがしかの用事があって呼ばれているのにそれを無視していれば、後でどれだけ叱責《しっせき》されるかわからない。

雪乃は何とか勇気を振り絞って扉をノックした。

「入りなさい」

雪乃の訪れと知ってか、中から支配人が声を掛けてくる。

「…失礼します」

雪乃は扉を開けると、身を縮めて一礼した。

「雪乃、お前はアルフレードの歌は全部覚えているのか？」

支配人は何の前置きもなく、性急に切り出した。

声の響き方からすると、三人とも入口から離れた部屋の奥まったところにいるようだ。

雪乃は小さく頷いた。

「はい、一応、覚えていますが…」

覚えているというより、以前にあの男に丹念に教えられたものだった。そしてまたその時、恋を知らない私の可愛い小鳥と笑われた。

確かに雪乃には、純粋さのあまりヴィオレッタさえ追いつめてしまうようなアルフレードの情熱は、とうてい表現できない。

むしろ、それを見事に表現できたのはあの男だった。

あの冒頭の高らかな乾杯の歌など、とうてい雪乃の技量の及ぶところではない。

「イタリア語もできるのか？」

「話せませんが、上演分の歌詞は全部頭の中に入ってます」

どうだか…という雰囲気が、支配人を含めた三人の中に漂うのがわかる。見えはしないが、顔を見合わせているといったところだろう。

「とりあえずは歌わせてみましょう。まず聴いてみないことには、話にならない」

指揮者が言う。肩をすくめたような気配がした。

「まずは『乾杯の歌』からだ」

演出家が指示する。やむなく雪乃は腹をくくると、姿勢を正した。

最初はどうしても声が硬くなった。後ろ手に重ねた手は、緊張でじっとりと汗ばむ。雪乃は思いきって、両腕をかつてあの男がしたように大きく広げ、わずかに顎を上げてみる。

そうすると、自然、あの男の高らかな力強い歌い方が思い出され、両肩の力がふっと抜けた。

徐々に声が上に伸び出す。

雪乃は少し嬉しくなって、微笑んだ。

歌い始めてみると、やはり明るく楽しい歌だ。だんだん気持ちも乗ってくる。

そうなると、雪乃の意識は今置かれた状況から、毎晩男と共に歌っているステージの上へと軽く飛んだ気がした。

男が教えてくれた一言一言が、歌詞と共にすべて蘇ってくる。

恋が叶うのではないかと期待をこめ、乾杯を呼びかけるうち、つい、呼びかけている相手があの男であるような錯覚すら覚えた。

そのまま最後まで一気に歌い上げ、最後にようやく雪乃は我に返った。広げていた腕が急に所在ないものに思えて、雪乃はぱたりと両脇《りょうわき》に腕を落とす。

それと同時に、頰が気恥ずかしさに紅潮した。

「…ふむ」

最初に声を出したのは、指揮者だった。

「なるほど、これは悪くないですな」

演出家も歌う前とは一転して、納得したような声を出す。

雪乃は少しほっとして肩の力を抜いた。

「あのイタリア人とはかなり形が違うが、意外にこういう線の細い、ウブで繊細なアルフレードも悪くない」

「悪くないですかね？」

支配人は若干、不安そうな声を出す。

「今回、降板したイタリア人はかなり重めの声ですが、本来はアルフレード役には比較的軽めの声が要求されるんですよ」

指揮者が支配人の横でつけ足すのに、演出家はさらに重ねて言った。

「今回のプリマドンナはかなり『お高い』印象がありますから、まったく恋を知らない青年がのぼせ上がって溺れてというのには、逆にいい対比になるかも知れません」

「雪乃、決まりだ」

支配人はパチンと指をひとつ鳴らすと、余裕もないようにせかせかと言った。

「早速、片山《かたやま》君、尾瀬《おぜ》君と一緒にリハーサルをやってきなさい。尾瀬君、雪乃に無理のない範囲に、振り付けをいくらか変えてやって欲しい」

そして、あとは…、と支配人はつけ足した。

「今晩の舞台がなんとか成功するように、神に祈るばかりだ」

神に祈ると言われ、今さらになって雪乃は自分が大役であるアルフレードに抜擢されたことに気づく。

歌えない、できないと言われるのを聞いた時には、胃が痛くなるような思いだったが、逆に今度は本当に今夜から自分が歌うのだろうかと呆然とする。

「菊川君、こっちだ。早く！」

演出家に強い力で腕を引かれ、雪乃はよろめきながらそれに従った。

まだ半ば以上は信じられない思いで、せっかちな男に従って支配人室を出る。

「あの…」

雪乃はぐいぐいと自分の腕を引っ張ってゆく男に声をかけた。

「本当に僕がやるんですか？」

「何を言ってるんだ、君は？　今、支配人が決まりだと言っただろう？　今からリハだ！　少し動きを減らさないとな」

衣装も合わさなければならん、やることはいっぱいあるじゃないかと息巻く演出家にそれ以上逆らえず、雪乃はただ引っ張られるままに歩いた。


「今、ステージの下に降りちゃ駄目よ、雪乃ちゃん」

急遽《きゅうきょ》、雪乃を主演にすげ替えたリハーサルの合間の休憩の時、雪乃の腕を女優の一人が引いた。

羽織の袖がふわりと雪乃の腕に触れ、その香水の香りと声からタキだとわかる。

「タキ姐さん、誰かいるの？」

雪乃は手を引かれるままに立ち止まる。

人気のない夜のホールとは違って、昼間のこんなに人の多く行き交いするホールではいくつもの賑やかな音が重なって、見えない雪乃にとってはステージ下の様子まではわからない。

「支配人に高塚家の若様、それから化け物が一匹」

ハッ、とタキは吐き捨てるように言った。

「きっと、代役で立つ雪乃ちゃんの歌を聴いて正式に許可を出すために来たのね」

雪乃がアルフレードの代役となることを喜んでくれたタキの声は、うってかわって苦々しいものとなる。

「…化け物って？」

「なんか気持ちの悪い面を着けた男よ。得体が知れなくて、薄気味悪いったらない」

「面？　何かの役のお面なの？」

気持ちの悪い面をつけている男と聞き、雪乃は劇中の面をつけた役者なのかと不思議に思って尋ねる。

「違うわよ、噂じゃ顔にものすごい火傷を負ったらしくて、顔の半分を覆うような不気味な革のお面をつけてるの」

面をつけているのは、ひどい火傷を隠すためだという。その面が気味悪いというのだろうか。

それとも、その革の面を見ることのできない雪乃には想像もつかないが、表情が見えなくて怖いというのだろうか。

「高塚の若様の双子のお兄さんらしいんだけど、洋行したときに火事かなんかで身体の半分にすごい火傷を負ったんだって。ほとんど人前なんかに出てこなくて、私も一度しか見かけたことはないんだけどさ」

「そうなの？」

「ああ、でも、一度で十分。愛想がなくて、あの気持ちの悪い面を着けたまま、挨拶もなしに黙りこんでて、こっちなんか見もしないいんだよ。口を開くのも、見たことがないわ」

「こちらから挨拶はしないの？」

「雪乃ちゃんもわかってるでしょうが。役者みたいな下々の者が、あんな上流の方々にこっちから声をかけるなんて、どんだけお叱りを受けるかわかりゃしない」

「確かにそうだね」

そこまで早口にまくし立てていたタキは、そこではぁーっと、ひとつ深い息をついた。

「それにしてもいい男だよ、弟さんの高塚の若様のほうは。とても、あいつとは兄弟とは思えない。気配りができて愛想もいいし、惚れ惚れするねぇ」

「本当ね。ずいぶん男前だわ。綺麗なお顔ねー」

タキと雪乃の間に割って入るようにして声を上げたのは、タキの妹株の女優、みずゑだろう。キャラキャラとした話し方、澄んだ可愛らしい声ですぐにわかる。

雪乃は笑った。

「姐さん達がいい男って言うなら、本当にいい男なんだ」

二枚目俳優だの、歌舞伎役者だのを普段から見慣れている女達だ。顔がいいだけなら、おそらくそこまで極端に誉められることもない。

おそらく、惚れ惚れするというほどの見事な男ぶり、洗練された身のこなしなどがあるのか。

「だけど、本当のことだよ。背がすらっと高くて、顔かたちが整ってる上に上品でね。下手な役者より、ずっといい男だよ」

「生まれついての王子様っていうのかしらね。黙って立ってるだけなら、この間の『トゥーランドット』の玉城《たまき》さんより、よっぽどあの人の方が似合いそうじゃない。玉城さんって歌はそこそこだけど、王子っていう顔じゃないもの。下駄の裏みたいな顔だわ」

「ちょっと、みずゑちゃん」

イヤだ、などと言いながらも、タキも止めはしない。

「だから、あの公演、そこそこに切り上げになっちゃったのよ」

みずゑがふふふ…と忍び笑うのに、見えない目をいつものように半ば伏せた雪乃は尋ねた。

「じゃあ、その双子のお兄さんも、怖いお面をつけてても、もとはいい男なんじゃないの？」

あー、そうだねぇ…、とタキとみずゑが雪乃の肩越しにしげしげと男達のいる方を覗いているのがわかる。そんなにあけすけに覗いて、相手に悟られないかと雪乃は苦笑した。

「そういわれてみれば、お面をつけてない方の顔は弟さんに似て、よく整ってるよ。雪乃ちゃんって、見えない分、逆に私達よりよく気がつくね」

あらぁ、とタキが呟く。

「…いや、待って。どっちかっていうと兄さんの方が男らしくて、苦み走ったいい男かもしれないよ。あのお面がなければね」

「でも、やっぱり薄気味悪いわ。なんか面がなくても人を小馬鹿にしたような…、何もかもを見下したような態度が端々に出てるんだもの。いかにも冷たくて傲慢な感じがするし」

タキとみずゑは、ねぇと声を合わせる。

「姐さん達、聞こえるよ」

それを諫《いさ》めかけた雪乃は、ふと飛び込んできた声に耳を傾ける。

三人が舞台に近づきつつあるのか、高塚兄弟と一緒にいる支配人の声も少し聞こえるような気がする。

しかし、何よりも雪乃の注意を引いたのは、あの聞き慣れた男の声がその中に聞こえたような気がしたからだった。

雪乃は全神経を耳に集中し、じっと三人の話し声らしきものに聞き入る。

――医者の見立てでは喉の炎症らしくて、どうやら日本の気候が合わなくて喉に負担がかかったようです。しばらくは安静でとても舞台は無理だという話で…。

――そう、それは残念だったね。

心臓が高鳴る。

あの人だと思った。

「姐さん…、あの人の声…」

「ああ、高塚の若様？」

雪乃は少し上擦った声で答える。

「うん、あの声。…僕…」

言いかけて雪乃は、男との約束を思い出す。

自分と会ったことは、誰にも言ってはいけない…、あの人はそう言って、雪乃はずっとこれまで、その約束を守り続けてきた。

今、それを勝手に雪乃が破っていいようにも思えない。

高塚の若様自身から、もう黙っていなくていいのだと言われるまでは…、と雪乃は口をつぐんだ。

夜毎に顔を合わせながらも、どこかで現実味がないようにも思っていた。

ひと頃は本当に天使だと思っていたこともある。

雪乃にとって最高の歌力と技巧とを持つ師であり、それゆえに永遠の憧《あこが》れでもあり、夢のように熱っぽい存在。

夜、側にいればその熱や息遣い、よく響く声、長身でしっかりした骨格などで存在がはっきりと確かめられるのに、朝になればまたその感覚も遠いものとなる。

視覚を持たない雪乃にとっては、その存在を探るのは聴覚だけに頼るため、今ひとつはっきりと確証のない存在でもある。

「声がどうかしたかい？」

それが今、目の前に確かな名前を持つ一人の男として現れたとは…、雪乃は混乱しながらも口ごもる。

「いや、前に会ったような気がして…」

「本当に？　雪乃ちゃん、高塚さんを知ってるの？」

みずゑははしゃいだ声を上げた。

「じゃあ、紹介してちょうだいよ、雪乃ちゃん。あんないい男でお金持ちなんて、玉の輿じゃない。ねぇ、姐さん、私も若奥様って呼ばれる日が来るかもしれないわ」

みずゑのはしゃいだ声にも、雪乃は半ばは夢心地、半ばは否定しなければという焦りから、必死で言葉を探す。

「ううん、でもやっぱり、違う人だよね？」

「そりゃあ、何回かここには観劇にも来られてるから、雪乃ちゃんも一、二度ぐらいは会ってるかもしれないよ？　私達にも分け隔てなく話しかけてくださる、とても心の広い方だしさ」

タキは雪乃の言葉をいいように解釈してくれる。

雪乃は頬を紅潮させたまま、曖昧《あいまい》に頷いた。

確かに心の広いこと、この上ない人だ。

今日、こちらからはなんと言えばいいのだろう。

やはりあなたは確かに名前を持つ一人の方だったと、雪乃を救ってくれた光のような存在であったと、これまで僕が生きる希望だったと…、そう伝えたい。

だが、どれも今の雪乃の夢のような気持ちを伝えきれるような言葉には思えない。

そもそも、話しかけること自体が許されるのかどうか…。

「馬鹿ねぇ、みずゑちゃん。ああ見えたって、高塚の若様はもう奥さんがおいでになるのよ。ずいぶん綺麗な方で、お家柄も申し分なくて、若様もずいぶん大切になさってるってお話よ」

タキの声に、雪乃は不意に頭を後ろから強く殴られたような衝撃を受けた。

奥様がいらっしゃって…、若様もずいぶん大切になさっている…、そんなタキの言葉が胸に突き刺さっている。

　ああ、あの人にはもう大事な人がいるんだ…、そう思うと頭の中が真っ白になり、ふいに泣き出したくなった。

　雪乃は見えない目を呆然と宙にさまよわせる。

　所詮、これが現実というものなのだ。いつまでも夢物語は続かない。

　あの人に今以上の何かを期待していたわけではない。

　でも、いつも雪乃をやさしく導いてくれるあの人に、雪乃以外のもっと大事な存在があるということには、愚かなのかもしれないがこれまでとても考えが及ばなかった。

　そして、それを知った今は、なんと空《むな》しい惨めさばかりを感じるのだろう。

「雪乃ちゃん？　どうしたの、顔が真っ青よ」

　みずゑに肩を揺さぶられ、雪乃はようやく我に返る。

　それでもまだ、氷の大きく重い固まりをつっこまれたように胸の奥底が冷え切っている。息をするのがやっとのような状態で、雪乃は喘《あえ》いだ。

「姐さん、僕…」

「大丈夫？　階段はまだもう二歩ほど先よ」

　数歩後ろによろめいた雪乃が階段に怯《おび》えていると思ったのか、タキとみずゑが両脇から支えてくれる。

――今回の代役は、兄の発案なんだ。せっかくの公演をキャンセルにするよりは代役を立てた方がいいと…。代役に適当な青年がいるからと、兄が熱心に勧めてね…。

また、高塚のご子息の声が聞こえた。声質がよく通るため、あえて張り上げなくとも舞台まで聞こえてくるのだろう。

しかし、女達に支えられてなお、逃げるように一歩後ろへと下がりかけた雪乃は、声の持ち主の話し方に違和感を覚えた。

雪乃のよく知るあの人の話し方ではない。

声は確かにそっくりでよく似ているが、何かが違う。もっと本質的な、根本にあるものが違うように思える。

耳を凝《こ》らしてよくよく聞いてみたいが、オーケストラボックスで音合わせをしている団員達の発する音が大きくて、これ以上はうまく聞き取れない。

雪乃は不安とほんのかすかな期待がないまぜな気持ちのまま、男達のいるあたりに視線をさまよわせ続けた。

「すでにお話ししたとおり、あそこにいるのが今度代役を務めます、雪乃です」

支配人の声が近づいてくるのが聞こえる。

「雪乃ちゃん」

タキが手を引き、客席からステージに上がる階段のところで棒立ちになっていた雪乃をどかせた。

三人の男達が上がってくる様子に、雪乃は目を伏せたまま注意を凝らす。

だが、コントラバスが気になって、足音に集中できない。

「お話ししてあるとおり、雪乃は目は不自由ですが、この舞台の上ならまるで見えるように動くことができます。なので、アルフレード役を務める上では問題ないかと」

「この舞台の上を見えるように？」

尋ねたのは、高塚のご子息だろう。

「はい、動きは今、演出家が徹底して教え込んでおりますし、この通り外国の血が混じっておりますので、顔立ちはあのドイツの歌姫にも負けないぐらいに華があるかと思われます。どうでしょうか？まだ若いですが、なかなかに美形だと劇団内でも評判なのですが」

支配人が説明しながら、雪乃の肩のあたりを男達の前に押し出した。

「あなたが菊川雪乃君？」

穏やかな声が尋ねてくる。

あの人にとてもよく似た声だが、まるで雪乃を知らないような尋ね方だ。

「…はい」

「初めまして、高塚嘉彬です」

相手は雪乃の前に手を差し出したようだった。雪乃は控えめにその手を探す。

温かい手が雪乃の手に触れ、雪乃の手を捉《とら》えるとしっかりと握りしめて上下に振った。

「若いが、とても優れた歌手だと聞いています。急な代役で驚いているでしょうが、これをひとつのいい機会だと考えて、君の実力をしっかりと出し切ってください」

ああ、やはりこの人ではない、と雪乃は思った。

こんなに人当たりのいい、そつなくもの柔らかな話し方をする人ではない。

あの人はもっと自信に満ち溢れ、もっと不遜でどこか恐ろしいような…、そして、そのくせ内にはどこか繊細さ、多感な情熱を隠し持った話し方をする。

言葉にはならない雪乃の胸の内を巧みに読み、そして、まるで気持ちをそっと寄り添わせるような、雪乃を温かく包み込んでくれるような、あの…。

雪乃は半ば伏せた長い睫毛の先を揺らした。

「兄さん、今度、主役を務めることになった菊川君だそうですよ」

聞き覚えのある、少し足を引きずるこの歩き方…、雪乃ははっと伏せていた目を据えた。

それでもきっと姿勢のいい、特徴のある歩き方…、雪乃は相手の胸のあたりに落としていた視線を上げる。

「ああ、目は開いていた方がいいな。君は目が青いんだね。ずいぶん整ったやさしい顔立ちだ。母性本能をくすぐる、新しいアルフレードの誕生だね。きっと女性陣にも大いに受けますよ、兄さん」

かたわらのこの穏やかな話し方は、嘉彬だ。

「…そうだな」

ああ…、とようやく応じた男の声に、雪乃は身を震わせた。

この人だ…、この目の前の人に間違いない…と。

「菊川君、僕の兄の英彬です。君を推薦したのは、この兄なんだよ」

嘉彬が紹介してくれる。

英彬さんというのだ、と雪乃は胸のうちで反芻《はんすう》した。

名前を知れただけで、胸が震えるほどに嬉しい。

それにいかにもこの人らしい、堂々とした立派な名前だと思う。それも嬉しい。

この喜びが今、この人にも伝わればいいのにと願ってしまう。

そして、こんな大舞台にわざわざ雪乃を推薦してくれたことに対する感謝の気持ちを、どういう風に言葉にすればいいのか…。

自分の持つ拙い言葉だけではとても伝えきれないから、せめてこのアルフレード役を精一杯務めて、英彬の尽力に応えたい。

「雪乃です」

一礼する雪乃に、ああ…、とだけ男は答えた。

嘉彬のように手を差し伸べてくる様子はない。

しかし、雪乃は嬉しくてたまらなかった。

「…歌を聴かせてもらおうか」

いつもより少し低い声で、英彬はそれだけを言った。

「雪乃、『乾杯の歌』からだ」

支配人の言うのに頷き、雪乃は男のいる方へと微笑みかけた。

あなたは今、そこにいるんですね…、と。

今、この途方もない機会を僕にくれたのも、あなたなんですね…、と。

たまらないほどの感謝と慕わしさ、そして、自分でもはっきりと自覚した恋しさをこめ、雪乃は微笑んだ。

V

「失礼致します」

ボックス席に特注の黒いレースのカーテンを下ろした係員が、けして英彬と目を合わせぬように深々と一礼する。

係員は英彬、嘉彬の兄弟と入れ違いに出ていき、外側から静かに厚い扉を閉めた。

舞台が一番よく見渡せるこの二階ボックス席に、下からは覗き見られることのないよう、意味ありげに黒くレースの帳《とばり》が下ろされたことを、口さがない観客達が互いに袖を引き、ちらちらと窺い見ながら囁き合っているのが上からも見て取れる。

ここが高塚家の指定の席であることを知る者達の間では、弟の嘉彬が妻以外の愛人を連れてきたのではないかと勘ぐる者もいれば、宮家の方々を密《ひそ》かにお連れしたのだという者もいる。

丹念に織り上げられた高価なフランス製のレース越し、英彬はそんなあからさまな視線を向けてくる連中を、凍《い》てつくほどに冷ややかな目で見下ろしていた。

そう、昼間からいつにもまして、無神経な人間共の物見高い視線に腑《はらわた》が煮えくりかえるような思いをしている。憎悪と憤りとで胸の奥まで焼け爛れてしまいそうなほどだ。

できることなら、英彬はこんな人目を集めるような場には出ず、人知れずひっそりと過ごしたい。

しかし、今夜の雪乃の初舞台があまりに気がかりで、結局、こうして人目も憚《はばか》らずにこのことステージにまで足を運んでしまった。

いっそ、この物見高いばかりの連中の上にも煮えたぎる油を注ぎ、火をつけてやることができたらと思う。そうすればこの連中にも、これまで英彬の味わってきた様々な苦悩や屈辱が理解できることだろう。

そんな英彬の不機嫌さを知ってか知らずか、英彬と同じ、ぴったりと身体に沿うようにあつらえた黒の燕尾服に身を包んだ弟の嘉彬が、穏やかに声をかけてくる。

「兄さん、すぐによく冷やしたアイスワインを運ばせます」

この絢爛《けんらん》たる帝国オペラ座は、父高塚房吉が愛息英彬の華々しいデビューを飾るために奔走し、大金をつぎ込んで作り上げたものだ。

その帝国オペラ座へ、今日は英彬の六年ぶり、ようやく二度目になる訪れだと喜ぶ嘉彬は、ずいぶん入念に観劇の準備をさせたようである。

正確には、嘉彬は英彬の夜毎の劇場通いを知っているのかもしれないし、会っていた相手を突き止めることも容易なはずだ。

しかし、英彬に比べればかなり穏和なこの弟は、いまだに気づいていない様子を見せている。

ご苦労なことだとは思うものの、今晩ばかりは舞台の方が気がかりで、英彬は帳《とば》ぎりぎりのところに立って生返事を返す。

嘉彬の言葉通り、すぐにわざわざ屋敷からついてやってきた給仕係が、白い清潔なテーブルクロスのかかった丸いテーブルを手際よく運び入れる。

続いて銀のワインクーラーで氷でよく冷やされた、細いブルーボトルを持った船来物のアイスワイン、そして、グリーンのボトルの白ワインなどが運ばれてきた。

凝った細工のチェコのボヘミアグラスが二つ並べられ、さらに鴨肉《かもにく》を使った冷製のオードブルや英彬の好物である各種チーズの載った皿も運ばれてくる。

オードブルや酒の肴《さかな》、デザートにこのチーズを好むのは、社交界でも洋行して向こうの食事に広く慣れ親しんだ英彬ぐらいのもので、まだまだ一般には知られていない食文化でもある。

「どれもドイツやフランスから運ばせたものです。きっと、美味《うま》いと思いますよ」

洋食に親しんだ嘉彬でもあまり好んで食べないチーズを、わざわざ給仕まで伴って運び込ませているところを見ると、よほど英彬に気を遣ってのことと思われる。

給仕係がかたわらで、アイスワインのコルクを手際よく抜く。

「菊川《きくかわ》君…でしたっけ？　初舞台が楽しみですね」

答えない英彬を、嘉彬がどう思っているかは知らない。

嘉彬はワインをグラスにつごうとする給仕を遮って、自分で二人分のワインをグラスに注いだ。

そして、片方のグラスを英彬に差し出してくる。

嘉彬は、よくこの席に伴って座る、演劇や舞台好きの妻を、今日は伴ってきていなかった。

嘉彬の妻は気だても悪くないし、二人の夫婦仲はいいが、育ちのいい分、気の小さな女だ。

異形の顔を不気味な仮面で覆う英彬への怯えを隠すことができずに、いつも英彬の前ではおどおどと怯えている。目もけして合わせようとはしない。それどころか、同じ部屋にいることすら憚《はばか》る。まるで英彬が疫病神であるかのように、避け、怖れている。確かに結婚することもなく、いつまでも家にいる義兄は疫病神のようなものなのだろうが…。

嘉彬はそんな妻の態度が英彬の気に障ることを気兼ねして、今夜は同行させなかったのだろう。悪くない判断だと、英彬は帳《とばり》を背に黙ってグラスを受け取り、黒いレース越しに再び舞台を見下ろした。

嘉彬の妻の必要以上にびくびくした態度は、いつも英彬を苛立たせる。今日のような日に同席されては、ただでさえ苛立っている神経に障って仕方がない。

今宵こそが、英彬が長らく胸に温め続けてきた夢、心血注いで育ててきた菊川雪乃の初舞台である『椿姫』が上演される日だった。

奇《く》しくも、洋行帰りの英彬の日本舞台を飾るはずだった、そして実現することのかなわなかった演目でもある。

英彬が歌や異国の言葉を基礎から教え込んだ菊川雪乃は、子供の頃からこの帝国オペラ座で雑用を務めてきた盲目の少年だった。

英彬は雪乃と出会った夜のことを思い出す。

父親の名前すらわからない混血の孤児だった雪乃の髪色は淡く、伏せがちな目は澄んだ青い色だった。そんな哀れな身の上に加えて、雪乃は幼い頃に高熱で視力を失っていた。

キリスト教系の慈善孤児院で育ち、その孤児院も院長の死によって閉鎖され、この帝国オペラ座に住み込みの雑用夫として送られてきていた。

にもかかわらず、夜更けにこの舞台で出会った英彬を、無邪気に恐ろしくも神々しい天使様だと信じていた。

英彬の歌を聴いて感動のあまり涙をこぼしながら、もっと歌って欲しいとせがんだあの小さかった雪乃の姿は今も忘れられない。

おそらく、英彬の中で何かが揺れた瞬間…、枯れかけていた感情が動きかけた瞬間でもあった。

その後も、雪乃は次々と英彬を驚かせた。雪乃は英彬の歌う歌を、少年とも少女ともつかない、それこそ天使のような声で正確になぞらえた。

英彬は十二の時の声変わりで雪乃の綺麗なボーイソプラノも失われるかと危ぶんだが、雪乃は清潔で甘さと伸びのあるテノールへと、まるで蝶が羽化するように生まれ変わった。

あどけない天使画のようだった顔形も、劇団一の美形などと支配人に言わしめるほどに美しく育った。それこそ、男女の差など関係なく、誰もが目を止めるほどに整った容貌となったのは間違いない。

だが、あの子は姿形もさることながら、まず心根が誰よりもやさしく美しいのだと英彬は思う。

もし、出会った時の雪乃が言ったように、まだこの世に神がいるとするなら、神はあの少年こそを愛されたのだろう。

英彬はそんな雪乃に一から歌を教え、見えない雪乃にも読めるようにと点字の本や楽譜を与え、イタリア語やドイツ語の歌の発音の逐一を教えた。それらすべてを雪乃は水を吸うように自分のものとし、歳と共にその豊かな才能を開花させた。

事実、雪乃は素直で教えがいのある生徒だった。目が見えないという悪条件にも何ら僻《ひが》むことなく、英彬の教えるすべてを喜んだ。

何かを教えてもらえる…、ただそれだけのことを、子供が菓子を欲しがるように望み、享受していた。

足りないものは、視力と舞台に出る機会だけだったが、それも今回の主役であるアルフレード役のイタリア人歌手の降板により、ものにした。

雪乃を代役にと強く後推ししたのは英彬だったが、与えられた機会を実力で得たのは雪乃だった。反対を唱えていた指揮者や演出家も、この声と技量ならばと十分に納得した。

視力こそないが、幼い頃から慣れ親しんだこのオペラ座の舞台であれば、雪乃は一歩も間違うことなく動くことができるだろう。

しかし、同時に雪乃の初舞台は、雪乃を強く推した英彬の存在をも、雪乃にはっきりと知らしめることとなった。

十七の歳となっても、どこかで英彬を神が使わしてくれた救いであると信じていたような雪乃も、とうとう人から後ろ指を指されて過ごす英彬の正体を知ったことだろう。

いまだに思い出すだけであの時の憎悪が蘇る。

舞台の上の雪乃を取り囲んだ、あの物見高く慎みのない、劇団の女達の好奇と嘲笑《ちょうしょう》に充ち満ちたあからさまな視線。雪乃の耳許でこれ見よがしに色々と囁き、笑いあっていた。

あの女達によって雪乃の耳に口々に吹き込まれたであろう英彬の醜い容姿、人々を恐れおののかせる異様な仮面、呪わしい過去…、その囁かれた俗悪な一言一言は、まるでこの耳に囁かれているかのように英彬にはわかる。

雪乃は思い知らされたことだろう。

自分に歌を与えた存在が、誰もに忌み嫌われる男であったことを。仮面の下に隠さなければならないほど、醜く焼け爛れた顔を持つことを。

よりにもよって、あの口さがない下卑《げび》た女達の言葉によって…！

「…兄さん？」

嘉彬が不審そうな声を上げた瞬間、憤りのあまり、英彬が手の中で強く握りしめたクリスタルのグラスが硬い音を立てて割れた。

「兄さん…！　怪我は？」

嘉彬が驚きの声を上げる中、英彬は忿怒《ふんぬ》のあまり顔を大きく引き歪めていた。激昂に乱れ高ぶった息を何とか整えようと、砕けたグラスを手にしたまま空いた手で大きく上下する胸を押さえる。

柔らかく鞣《なめ》した子羊の革手袋は濡れたが、英彬の手には何の傷もなかった。

嘉彬はすぐに給仕を呼び、割れたグラスを始末させる。

双子の兄弟ならではの勘の良さで、英彬の深い憤りのわけも、昼間の露骨な劇団員の視線などから、すでに察しているのかもしれない。

不特定多数の公衆の面前に、真っ昼間から英彬がわざわざ姿を見せたのは、帰国してから初めてのことだった。

頭のよい嘉彬のことだ。それほどまでの英彬の雪乃への肩入れぶりも、そして英彬が晒《さら》された悪意や好奇の視線も、それに対する英彬の過敏なまでの懊悩《おうのう》や口惜《くや》しさ、憎しみも十二分に察していただろう。

「グラスはここに置いておきますね。これが、今日のパンフレットです」

仮面を付けた顔を片手で覆い、荒く息をつく英彬に、嘉彬はそっと声をかけた。

雪乃、雪乃…、品よく澄んだ声で歌う、私のやさしい穢《けが》れなき小鳥…。

英彬は胸の内で嘆きにも近い悲痛な声を上げる。

この舞台で、お前は世間的にも高い評価を得るだろう。私の腕の中から、高く自由に空へと羽ばたき、舞い上がることを覚えるだろう…。

オーケストラボックスで盛んに音合わせが始まっている。

もう、幕開けが近い。

英彬は人目を避ける暗い帳の内側で顔を覆い、孤独と絶望とで打ちひしがれていた。

雪乃…、と英彬は声にはならない呻きを洩らす。

飛ぶことを覚えたお前は、お前はこの小さな夜の世界に閉じこめようとする私を嫌がり、遠ざけ、蔑み、やがては忘れ去ってしまうことだろう…。

英彬は雪乃と共に過ごした、二人だけの濃密な珠玉の時間を振り返り、惜しみ、懐かしんだ。

あの少年との日々は、英彬にとっても救いだった。

六年の日々は夢のように過ぎていった。

雪乃は英彬の胸の内に豊かな彩りを差し、いつの間にか生きる支えともなっていた。

雪乃の美しい歌声が世間にも認められ、高く評価されることを望んだのは英彬だ。

健常者に負けるとも劣らない、雪乃の豊かな才能と人知れぬ努力とを、広く知らしめてやりたいと願った。

しかし、その一方で、英彬は自分の正体が雪乃に知れ、手の中から遠く飛びさってしまうことを深く嘆いた。

情けないことに、今になって雪乃の名前を挙げた自分の行為を悔いてもいる。

座席の明かりが落とされ、どよめいていた人々がやがて静まり、幕の開くのを今か今かと待ちかまえている。

オーケストラによる前奏が始まった。

英彬は失った方の顔を、革の仮面の上から覆った。

英彬の愛し、慈しんで育ててきた可愛らしい無垢な小鳥の存在は、まさに今、世間に広く知られてしまう…。

四章

I

雪乃は長らくの習慣で、閉幕後も一人舞台に戻ってぼんやりと座っていた。

雪乃がアルフレードとして出演した『椿姫』は、予想をはるかに上回るほどの盛況だという。新聞でも高く評価されていると、タキ達が記事を読んで聞かせてくれた。

新人ながら、若く清廉で潔癖なアルフレードの歌声は、そのやさしく美しい容貌は、人々の心を強く打つことは間違いないだろう…だって、と周囲の女達ははしゃいだ声を上げていた。

楽屋には見知らぬ人から、部屋に入りきらないほどにいくつもの花や贈り物が届けられている。

ここまで主演の歌手がもてはやされるのは、このオペラ座でも初めてのことだと皆が口を揃えて言った。

だが、それは過剰評価だ。声量はまだまだ足りないし、技巧的にも未熟なことは、雪乃自身がよく知っている。

おそらく恋に溺れる若いアルフレードの危うさが、そして異国人の父を持つ雪乃の容姿が、人々にとっても評価しやすいのだろう。

それに加えて、盲目の歌手という同情込みの付加価値が、雪乃への評価を過剰に押し上げている気がする。

それでも、雪乃のもとには様々な名家や大使館などからのお茶会や夕食会への招待が、引きも切らずにやってくる。

雪乃は食事の作法もろくに知らないし、見知らぬ人と巧みに言葉を交わすほどの教養や話術、度胸もない。

なので、いくつかの劇場関係者による内輪のお茶会だけに応じたが、そこでも雪乃は熱烈な歓待を受けた。

支配人は早くも公演延長だと意気込んでいる。

高塚のご子息様…、タキ達にそう呼ばれていた英彬の弟である嘉彬や、雪乃の舞台を見たオペラ座の後援者達からは、その才能を見込み、雪乃にさえその気があるのなら、欧州での留学費用を出してやってもいいというありがたい申し出さえあるという。

なのに、雪乃の待ち人はあれ以来、一度も姿を現さない。

あなたのおかげで主役となれて、こんなにも素晴らしい評価をいただけたのですと、そう伝えたいのに、雪乃はもう二ヶ月近くもあの男に会えていない。

もう見放されてしまったのだろうかと、今はただ不安でいたたまれなかった。

何があの男の気に障ったのかわからない。

何か不快にさせるようなことをしてしまっただろうか、何か気分を損ねるようなことを…、そこまで考えて雪乃は息をつめる。

わざわざ主役として推薦してくれた以上、舞台が成功すれば、きっと男も喜んでくれるものだとばかり思っていた。だからこそ、未熟ながらも精一杯役を務めた。

そうすれば、あの人はいつものように言葉少なに、それでも雪乃の側にきっとやってきて、歌をうまく歌えた時のように褒めてくれるのだとばかり思っていた。

ホールの時計が十二時を告げるのが聞こえる。

やはり今晩も訪れてはくれないのだと溜息をつきながら、雪乃は立ち上がった。

高塚英彬という名前なのだと聞いた。

高塚家は帝都でも知らぬ者はないというとんでもない家柄で、このオペラ座設立に携わったほどの金満家だともいう。

なるほど、そんな名家であれば、雪乃を盲学校に通わせたりと様々に便宜を図れたのもわかる。

そして、英彬自身は十代半ばから名を知られた素晴らしい歌い手で、二十歳の頃に欧州に洋行し、本格的に音楽を学んだのだという話も支配人から聞いた。

不幸にして事故に遭ったため、今は舞台に立っていないが、その艶と伸びのある若々しい歌声は一度聞けば忘れられないほどに見事なものだったらしい。

それがどれだけ見事なものか、誰よりも雪乃自身がよく知っている。

いっそ、なりふりかまわず、高塚の屋敷にまでお礼に行ってみれば…、と考えなかったわけでもない。

だが、そんな名家に雪乃がふらりと行って、英彬に会いたいからという理由で面会を求めてみたところで、門前で軽くあしらわれるのがおちだろう。

会えなくなってみて、はじめてわかる。

あの男と一緒に過ごした夜の時間が、雪乃にとってどれだけ大事で、どれだけかけがえのないものだったのか…。

雪乃にとっては、いくつもの照明に明るく照らされた舞台でアンコールの声が轟《とどろ》くようにかかっているときよりも、はるかに充実した幸福な時間だった。

雪乃は舞台の照明を落とすために、気落ちしながら舞台脇に入って行く。

ホールとの仕切りの厚い扉の開く音が聞こえたのは、その時だった。

雪乃は慌てて、舞台の上に駆け戻った。うっかり、床に置かれた舞台装置の一部に脚を引っかけてけつまずきかけたが、それも気にならなかった。

誰か目で見えるわけではなかったが、あの男だと思った。いつものように舞台裏からではなく、こうしてホールから入ってくるのは初めてだったが、雪乃はあの男以外にいないと思った。

だが、何と呼びかけていいのかわからない。直接に高塚様と名前で呼びかけていいのかすらも、雪乃にはわからなかった。

雪乃が躊躇《ちゅうちょ》する間に、いつもの聞き覚えのある、わずかに足を引きずるあの足音が近づいてくる。身長が高いせいだろう。人よりも歩幅が広いのも、いつもと同じだった。

雪乃はほっとして、口許に笑みを浮かべた。無茶に走ったために自分の立つ位置がわからず、身をかがめて周囲を探り、なんとか今立っている位置を確かめる。そして、そのまま男が舞台に上がってくるまで、そこで待った。

男はゆっくりと階段を上がってくると、雪乃の方にほんの少し足を進めただけで、そのままそこに立ち止まった。

「もう、来てくださらないかと…」

雪乃は男の方に顔を向けて笑いかけ、数歩男の方に進んだ。

しかし、なぜか男はそのまま雪乃とは逆の方に進み、雪乃と距離を置いた。そんな男の動きを不審に思ったが、雪乃はさらに男との距離を詰めた。

男はさらに数歩、雪乃から離れる。

雪乃は戸惑い、そこに立ちすくんだ。

男は何も言ってこない。久しぶりだなとも、会いに来たのだとも言ってくれない。

ただ、黙って雪乃の方を見ていることだけがわかる。

「…二ヶ月ぶりですね？」

声も掛けず、また、雪乃とは距離を置いた位置に立ったまま、近づいてこようとしない相手に、雪乃は不安でいたたまれなくなって尋ねた。

「…どうして…、こんなにも長い間、来てくださらなかったんです？」

責める気はない。

ただ、男の沈黙が怖くて、呼びかけてもらえないことが辛くて、尋ねずにはいられなかった。

男はようやく回り込んでくると、突っ立ったままの雪乃の前で足を止めた。

「別れを言いに来た」

「…別れ？」

雪乃は呆然と呟く。

男の言っている意味がよく理解できなかった。

別れを告げられる理由も、そして、これから先、男が二度と雪乃の前に現れないという事実も、雪乃には理解できなかった。

「どうして…ですか？」

尋ねる雪乃に、男は信じられないほどに強い力で、ぐいと雪乃の襟元を締め上げた。

「聞いただろう？　かしましい連中に…、私の醜い容貌のことを」

醜い容貌と言われても、とっさには何のことかわからなかった。

「あの日、女達がお前と一緒になって、私の方を好奇心丸出しの目で眺め、袖を引き合って笑うのを聞いた」

雪乃は目を見開く。薄気味悪いから、近づいてはだめだと言ったタキの言葉を思い出した。

「聞いたんだろう？　私の身につけた不気味な革の仮面のことを。陰気で人の顔を持たぬ、おぞましい存在なのだと散々に聞かされたのだろう」

雪乃はただ夢中で首を横に振る。

あの時、そんなことなど、まったく雪乃の頭の中にはなかった。

頭の中にあったのは、ただようやく男の正体を知ることのできた歓喜——雪乃と同じ普通の名前を持ち、普通に生活する生きた人間であることを、はっきりと確かめることのできた喜びだけだった。

「正直に言うがいい。とんでもない化け物面を持つ男だと、聞いたのだろう？」

雪乃は息苦しさに涙ぐみながら、なおも首を横に振る。

急に男がこんな暴挙に出たのが、いまだに信じられなかった。

長い間、私の小さな可愛い小鳥と雪乃を呼び、時には自分の子供のように慈しんでくれたあの男が、どうしてこんな恐ろしい声で雪乃を罵《ののし》るのかわからなかった。

「…そうか、盲《めしい》たお前には私の姿は見えないか」

何かが床に転がる乾いた音がする。もしかして、これがタキ達の言っていた不気味な革の仮面なのだろうかと、雪乃はちらりと頭の隅で思った。

「ならば見せてやる！　人が笑い、目を背けるこの顔を！」

男は手袋をはめたままの手で雪乃の手を取り、以前、男が触らせなかった左の頬にぐいと押しつけた。

手に触れたのは、人の肌とは思えないほどにいくつにもぼこぼこと盛り上がり、引き攣った、異様なまでの手触りの肌だった。高い鼻の付け根近くまで、その引き攣りがある。

本来、眉や髪の生え際のある場所は異常なまでにつるりと薄い皮膚が張りつめている。はたして、この目に瞼《まぶた》はあるのだろうか。何か異様な皮膚の固まりが、わずかに目の上に張り付いているだけだった。

荒々しく動かされた指の先にかすかに触れた耳のあたりは、がさがさとした穴だけが空いている。

見えないために想像もつかなかったが、顔の左半分はおそらく人の顔としての原型はほとんどとどめていないことは、雪乃にもわかった。

もう片側の残った顔がなまじ端正なだけに、よけいに正視しがたいものになっているのだろうか。

しかし、感触は異様でも雪乃や他の姐さん達と同じに、そして、以前とまったく同じに、男の肌は温かかった。

その温かみに、なぜか涙がこぼれる。

「…温かい」

雪乃はでこぼこと引き攣れた男の頰にその手を押しつけられたまま、小さく呟いた。

「見えないというのは、今ばかりは幸せなことだな、雪乃。この誰もが目を逸らす顔を見なくてすむんだからな！」

男は吠えるように笑った。

「だが、お前も聞かされただろう。嘉彬をはじめ、このオペラ座後援の財界人達が、お前を欧州に留学にやってもいいと言うのを」

雪乃はかすかに首を横に振る。

聞かされはしたが、話半分にも考えなかった話だ。まさか、本当に雪乃を欧州に送ってくれるとは思っていない。

「一度は断っても、連中がお前ほどの才能を放《ほう》っておくものか！　やがてはもっと多くの人間を巻き込んで、お前を何が何でも本場に送り込む。今日だって、連中が私のところにまで押しかけてきて、一人反対していた私を狭量《きょうりょう》ではないかと責めた！」

「…狭量？」

雪乃の師である英彬が反対するというのなら、それは雪乃の技術がまだまだ未熟だからだろう。雪乃の歌唱については、何よりも長年の師である英彬が一番によく知っている。それを狭量だからと責める気など、さらさらない。

「狭量だと⁉　この私を狭量だと？　まったくその通りだ！」

男の叫びに、雪乃は見えない目を見開く。

「…その通りだからこそ、私には不快を表に出す以外はなかった。それ以外には、何ひとつ言い返せなかったんだ、雪乃。舞台を見るまで、お前の才能にはこれっぽちも気づかなかった連中共に！」

「…そんな、欧州だなんて…」

男がここにいろというのなら、ここにいる。欧州に行きたいと願ったことなど一度もないと、雪乃は首を横に振る。

「だが、お前だって…」

憤りのあまり、吠えるようだった男の声が急に弱々しいものとなる。

「今は断っても、いくつもの舞台を踏むうちに、やがてはもっと高みを目指したくなる。もっと素晴らしい技量を身につけたくなる」

雪乃の襟許をつかみ上げていた男の手から、ふっと力が抜けた。

「そして…、いずれお前も私を離れる」

手袋をはめていた手が、そうっと雪乃の頬に触れてきた。

まるで愛しむように、その手は雪乃の頬を撫でる。

「ヨーロッパに行ってしまえば…、お前は私のことなど忘れてしまう」

忘れはしない、そもそもどこにも行きはしない。離れたくない…、と雪乃は手袋をはめた男の手に、自分の手を添える。

「お前のその天使のような声と顔に群がる、浮かれた女達と恋に落ち、お前をこの狭く暗い夜の世界に閉じこめようとした私のことなど、いつかは憎み、蔑むようになる…」

苦しみに歪《ひず》んだ男の声を、恐ろしいとは少しも思わなかった。

ただ、男が雪乃に、そして世界中に向ける悪意が痛い。そして、我がことのように哀しい。

不幸にして、若さの頂点で半身に負った火傷で、男がこれまで長く味わった痛みや苦しみは、聴いただけでも身に沁《し》みるように理解できる。

手にした栄光を失うことは恐ろしいだろう、人が自分から目を背ける様を見るのは辛《つら》いだろう、そして何よりも、人々から忘れ去られてしまうことは哀しいだろう。

視力を失って以降、ずっと音ばかりの世界に生きてきた雪乃にはわかる。

人が当然のように持っているものを自分が持っていないと思い知らされるたび、言いしれぬ孤独を覚える。持つ人々と、持たざる自分との間には、高い壁、大きな隔たりがあるのだと、ことあるごとに思い知らされる。

でも、その差を口にしたところで、人からは僻みや妬みにしかとられないことがわかっているから、なおのこと、それを人前で言えないことも理解できる。

この人がとても誇り高く、そして、とても内面には繊細なものを持っている人だと知っているから、なおのこと言葉にできなかった苦悩がわかる。

そして、男が雪乃の洋行により、怖れているものもわかる。

雪乃はこの男とただ二人きりでずっと、美しい音で彩られた世界を紡ぎ続けてきたからこそ、わかる。

色による彩りを持たない雪乃に、鮮やかな世界を与えてくれた人…。

これまで見せたことのないような荒々しい態度で雪乃の胸ぐらをつかんだこの人が、どれだけ内側に繊細でやわらかな物を持っているのか、雪乃は知っている。

この劇場の雑用で一生を終わるだけだっただろう、盲目の孤児だった雪乃に、夢のような時間を与えてくれた。

雪乃にとっても、この男の与えてくれた世界がすべてだった。

雪乃がこの男を失うことを怖れるように、この男も雪乃を失うことを怖れているというのなら…。

「…ならば、僕を…殺してください」

雪乃は涙混じりに呟いた。

男の負った痛みを少しでも和らげることができるなら、自分の持つすべてを差し出したかった。

「あなたの慈しんでくださった小さな雪乃でいられるうちに…、僕を殺してください…」

男の喉の奥で、聞いたこともないような獣《けだもの》じみた凄《すさ》まじい唸り声がしたかと思うと、雪乃はその場に突き飛ばされた。

呆然と床に突っ伏した雪乃の耳に、男が大股《おおまた》に去ってゆく足音が聞こえる。

革の靴底のたてる重い足音が、階段をかつてないほどの勢いで下ってゆく。

「待って！」

雪乃は必死で身を起こす。

「…行かないで！」

雪乃は床を這いずり、半ば立ち上がりかけた不安定な格好のまま、男の後を追って階段へと足を踏み出した。

「…ッ！」

階段を踏み外し、雪乃の身体が一瞬、宙に浮く。

その次の瞬間には、雪乃は凄まじい衝撃と共に何度か脛《すね》を打ちつけ、肩から下に落下した。

「雪乃…っ！」

行きかけた男が驚いたような声を上げる。

口の中に生臭い血の臭《にお》いが広がる。

床に投げ出された雪乃はあまりの痛みと衝撃に声も出せず、また自分がどんな姿勢で床に転がっているのかもわからないまま、それでも男の姿を求めて何とか身を起こそうと手探りで床をのたうった。

男が行ってしまうのではないかと、雪乃は焦った。

今まで、目の見えないことをこれほどまで歯がゆく思ったことがない。

焦ったままもがくと、階段の上に残っていたらしき脚がもつれたまま踵《かかと》から落ちてきて、不安定な姿勢で身を起こしかけていた雪乃の腰から下に、ドン…と鈍い衝撃が走った。

思わず雪乃の喉から呻《うめ》きが漏れる。

「雪乃っ？」

狼狽《ろうばい》したように戻ってきた男が雪乃の脚に触れ、腕に触れ、さらには顔に触れた。

そして、雪乃の身体を抱き起こしてくれる。

雪乃には懐かしく慕わしい、あの絹の手袋の滑らかな肌触りが、雪乃のすりむいた頬と切れた口許をそっと拭った。

雪乃は夢中で、その手を探り、逃げられないようにと固く握りしめる。

「…置いていかないで。…一人にしないで…」

雪乃は男の手に頬を押しつけ、いくつも涙をこぼした。

「置いていかないでください。僕を一人にしないで…。あなたに置いていかれたら、きっと僕は寂しさで死んでしまうから…」

長くこの人は自分にとっての光だったと、雪乃は懸命にその手に縋る。

「何もいらない…、あなた以外は何もいらない…」

「雪乃…」

男はすっかり毒気の抜けたような声で、呆然と呟く。

これまで聞いたことのない、どこか途方に暮れたような声でもあった。

雪乃は握りしめた男の手に、何度も唇を押しあてる。

「愛しています。どうか、僕を一人にしないで…」

抱き起こされた姿勢のまま、これ以上、突き放されないように男の肩に腕をまわすと、雪乃は手放しに泣いた。

Ⅱ

表に止めてあった男の車の中、雪乃は英彬の胸にもたれたまま、まだ夢からさめやらぬような思いで英彬の屋敷へ向かい、揺られていた。

車には生まれて初めて乗ったが、運転席との間にはガラスと暗い色の厚手のカーテンが掛かっているから、運転手から後部座席は見えないのだと英彬は囁いた。

もう見られてもいいと、雪乃は思った。誰に知られても、ただこの人の側を離れずにすむならいいと思った。

英彬の胸にもたれたまま、雪乃はこれまでにない濃密な時を感じ取っていた。

これが女達の言っていた、相手に身を任せてうっとりするような想い、今、このひとときのために何もかもを擲《なげう》ってもいいと思えるような愚かしい気持ち、衝動なのだと、雪乃には今、痛いほどにわかっていた。

「僕は…」

雪乃は呟いた。

「僕はまだ、あなたに名前で呼びかけたことがない…」

男が片頬で小さく笑う気配がした。

「英彬だ。高塚英彬」

男はそれだけ言うと、雪乃の額に口づけた。そんな些細な動きなのに、胸が震える。

触れた唇の端の傷に、今、この人は仮面をつけていないのだと、雪乃は知った。

そして、男の唇が額から離れてしまうのを、ずいぶん寂しく思った。

「英彬さん…」

もう一度…、とせがむのが気恥ずかしくて、それでもやさしい口づけをねだりたくて、雪乃は震える声で男の名を呼ぶ。

「可愛い雪乃…」

男は恐ろしく甘いあの声で囁くと、大きな手をそっと雪乃の頬に添えた。

雪乃の額に男の唇が落ち、続けて雪乃の唇にそっと唇が重ねられる。

最初はやさしく小鳥にでもするように何度か唇をついばまれ、やがては唇は深く重なり、雪乃はその濃厚な口づけに全身を大きく震わせた。

雪乃の中の時間の感覚、場所の感覚などがすべて甘く蕩けてゆく。

愛しているという言葉が勝手に口をついて出てようやく、これが恋なのだと雪乃は知った。

そして、自分でほとんど自覚することもなく、いつのまにか英彬への想いが胸いっぱいを占めていたことを知る。

むしろこれまで、英彬のことを考えない日は一日もなかったから、それが雪乃にとっては当たり前の日々だったから、これが恋だと改めて考えることもなかった。

このまま二人きり、どこか遠くに行ってしまってもいい…。むしろ二人きり、誰も知らないところに行ってしまいたい…。

そんな恋心すら、やはりこの男の手によって知ることになったのだと…、雪乃はすべてにおいての導き手である英彬の腕の中に身を投げた。


車は門からの私道の砂利を踏んで、傾斜を大きくまわりながら上がってゆく。

夜でも煌々と明かりが灯《とも》る車寄せへとつけられる気配を、雪乃は男の腕の中で陶然となりながら、遠く感じていた。

「雪乃、屋敷についた」

腰にまで深く響く、男の低い甘美な声が、この夢のような濃厚な時間がこれで終わりを告げることを、雪乃はただただ心許なく残念に思う。

「おいで、雪乃」

再び仮面をつけた男にさらに耳許に囁かれ、雪乃は一も二もなく頷いた。

もうおそらく、この男に海の底に深く沈められてしまっても、雪乃には悔いもない。恐ろしいには恐ろしいが、一人置き去りにされるぐらいなら、いっそこのままその手で息の根を止めて欲しい。

今ならけして、恨みも憎みもしない。

今はただ、この男に捨て去られることだけが怖い。

大切になさっている奥様がおいでになると聞かされた時の、まるで氷の手で心臓をわしづかみにされたような苦しさ、胸に深く突き刺さったあの痛みは今も忘れない。

あれが英彬のことでなくってよかった。ただの勘違いであってよかった。

あんなに切ない痛みを再び味わうぐらいなら、いっそここで何も知らぬうちに殺されてしまった方がいい。

運転手が回り込んできたのか、外側から車の扉が開けられる。

開いた扉の外には、一般の家とはとても思えぬような明るさ、広がりが、見えない雪乃にも十分に感じられた。

「…ここは？」

「私の生まれ育った家…」

男に手を引かれ、雪乃はおずおずと車の外へと足を踏み出す。

あのオペラ座設立に多大な出資をしてのけた、裕福な名家だと聞いた。

育った孤児院とオペラ座、通った盲学校以外の世界をほとんど知らない雪乃だが、敷石の上の足音や声の響き具合から、この玄関先だけで、舞台に立ってから招待を受けたどの家よりも広く、天井も高いことがうかがい知れる。

目が見えれば、さぞかし豪奢《ごうしゃ》な屋敷の様子が見てとれることだろう。

半ばはお伽の国に足を踏み入れるような夢のような気持ちで、そして、半ばはあまりに自分とは身分違いの高貴の館《やかた》へと踏み込む畏《おそ》れとで不安になりながら、雪乃は英彬に導かれるままに階段を上がった。

英彬は盲人の扱い方を心得ているようで、差し出した腕に雪乃の腕を絡めさせてくれる。

足許へのつぶさな配慮、逐一の注意、相手の動きがすべて腕に伝わる適度な距離感は、雪乃にとってとても楽なものだった。

階段を上がると、両開きらしい玄関の扉は大きく開かれていることが、音の反響によってわかる。

しかし、雪乃を驚かせたのは、さらにその内側にガラスをはめ込んでいるとおぼしき、二枚目の扉があったことだった。

ガラスの揺れる重厚な音と共に重そうな厚手の扉は二人の前で内側から開き、こんな夜更けにもまだ内側で誰かが英彬の帰りを待っていたことを窺わせた。

「お帰りなさいませ」

内側から扉を開いた三十歳前後らしき出迎えの男が、一礼と共に二人を迎える。英彬はいつものように上質の三つ揃いを身につけているが、軽やかな衣擦れの音などを聞いていると、この出迎えにでた男も何らかの制服をまとうか、礼装に近い格好をしているものと思われる。

雪乃は礼服でもない、ただの白の綿のシャツにサスペンダー、肩にはカーディガンを引っかけただけの普段着姿を、とても恥ずかしく思った。

「あの…、こんばんは」

誰なのかはわからなかったが軽く会釈する雪乃に、迎えにでた男が深い礼を返したのがわかる。

「いらっしゃいませ」

「雪乃、いいんだ。これは使用人の橘《たちばな》だ」

続けて夜遅くに訪問した詫《わ》びを言おうと思った雪乃を、横合いから英彬が軽く止める。

「橘、何か温かいものを用意してくれるか」

承知しました…と、さらに男は腰を折って二人に一礼すると、開いたままだった一枚目の扉を閉めにかかった。

その閉まりゆく扉の重い蝶番《ちょうつがい》の音を聞いても、一枚目の扉がどれだけ頑丈で立派なものだったかわかる。

背後で戸締まりをしている橘にかまう様子もなく、英彬は雪乃を伴って広いホールを横切り、幅のある廊下を歩き、さらには二階への階段を上がってゆく。

大の大人が二人以上並んで上がってもまだ余裕のある広い階段は大きくカーブを描いている。英彬は片腕を雪乃に捕まらせたまま、空いていた雪乃のもう片方の腕はがっしりした手すりに直接触れるように導き、つかまらせてくれた。

頼むまでもなく、雪乃の動きやすいように先々を見越して黙って動いてくれる男に、雪乃は微笑む。

「あなたと一緒に歩いていると、とても楽です。僕がこうしてほしいと思うより先に、英彬さんの方が気づいてくれるから」

「ヨーロッパの病院では、視力障害を持つ者を案内する時、看護婦や医者は皆、こうして腕に捕まらせていた。見えていない相手の腕をつかむより、逆に相手に自由に腕に捕まらせた方が、案内される側にとっては楽だと聞いた」

「そうなんですか？」

確かに腕をつかまれて歩かされるより、相手の腕につかまっていた方が楽だ。

これまではよく知った劇場内でしか動いたことがなかったためにあまり意識しなかったが、そう言われればいつも英彬は、自分から雪乃に手を差し出してくれていたように思う。

雪乃は自分が気づかないうちに、常に黙って配慮してくれていた英彬の、言葉にされないやさしさに嬉しくなる。

そうだ、この人はこういう人だ。

「向こうでは病人や身障者への配慮が、日本などよりもはるかに行き届いている。病院の施設も立派で充実している。雪乃、今の日本は身障者への配慮はないに等しいが、いつかきっと欧米並みになる日がやってくる」

喜ぶ雪乃に、英彬は低く答える。

雪乃は親切をお仕着せるわけでもない男の物言いに、また嬉しくなった。

この人は言葉にしないだけで、おそらく心根はその物言いなどよりもずっとやさしい人だ。長く一緒に時間を過ごしたからこそ、わかる。

同時に、今さらのようにはじめて知った英彬の気遣いもある。いずれも雪乃には過分なほどにありがたいものだ。

「私の部屋は、この屋敷の一番奥にある」

英彬は二階に上がると、さらに雪乃の腕を引く。男のその前置きから考えた以上の距離を、さらに雪乃は歩いた。

この屋敷は、帝国オペラ座などよりもはるかに広い。

「いったい、このお屋敷はどこまであるのですか？」

「私の部屋は、まぁ…別棟のようなものだからな。玄関からは少し距離がある」

初めてやってきたせいか、雪乃が不安に感じるほどの距離を歩いた頃、ようやく男は足を止め、扉を開いた。

扉の軋《きし》み、揺れる音を聞いてもわかったが、この部屋の入り口も両開きだった。

「雪乃、寒くはないか？」

雪乃の手を引いてテーブルのところまで連れてくると、男は椅子を引き、丁寧に座らせてくれる。

床は寄せ木細工かと思ったが、テーブルの下には毛足の長い絨毯が敷いてある。

何だとははっきり言えないが、男がいつも身につけているコロンとは異なる、幼い頃から慣れ親しんだ英彬自身の香りが部屋にはあって、雪乃はこんなところにまでのこのことついてきてしまったにもかかわらず、どこかほっとしていた。

雪乃にとっては見知らぬ場所だが、ここは間違いなくいつも英彬が暮らしている部屋だ。それを知ることができたことが、足を踏み入れることが許されたことが、また嬉しい。

「ええ、このままで大丈夫です」

「すぐに温かなものも運ばれてくるだろう。着替えてくるから、待っていろ」

どこへ行くのかと思ったが、男は入ってきた扉とはまた別の扉を開けて、隣室へ着替えに行ったようだった。

いったい、どれほど広い部屋を自室として持っているのだろうと、雪乃は驚く。

しばらく雪乃がそうして待っていると、失礼いたします…、とさっきの玄関先にいた使用人とは別の声が外からかかり、廊下側の扉が開いた。

「…こんばんは」

なんと言っていいのかわからずに、とりあえずそちら側に顔を振り向けて挨拶した雪乃に、笑みを含んだ穏やかな声が答える。

「こんばんは、いらっしゃいませ。お茶をお持ちいたしました」

さっきの使用人よりは、幾分年配のように思える声だった。

男は盆をテーブルの上にまで運んでくると、雪乃の前にほとんど音もなく、茶碗《ちゃわん》と菓子鉢らしきものを置いた。

何かが注がれる気配もないので、ありがとうございます…、と断って雪乃は探りながら手を伸ばす。

「これは…、失礼いたしました」

男は言い添え、介添えするように雪乃の手を置いた茶碗に触れさせてくれる。

手に触れたのは茶托に載った日本茶のようで、雪乃は少しほっとした。

「内村、…悪いな、遅くに」

着替えを終えたのか、隣室から英彬が戻ってくる。

雪乃は知らなかったが、それは英彬が日本に帰ってきてから、初めて使用人に向けたねぎらいの言葉だった。

雪乃の存在は、知らないうちに頑なになっていた男の心も解いていた。

「いいえ、これでわたくしは失礼させていただきますが、何かあればベルを鳴らしていただければ、夜番の日野《ひの》がまいりますので」

「雪乃の寝間着だけを用意していってくれないか」

「…客間の用意は？　一応、橘から聞いて、ただいま用意させておりますが…」

内村はさっきよりも抑えた控えめな声で答えている。

「いや、それには及ばない」

英彬の答えに、雪乃はさすがに伏せた睫毛の先を震わせる。

「承知いたしました、すぐにお持ちいたします」

男は丁寧に部屋を辞すと、その言葉通り、すぐに再び部屋の扉をノックした。

英彬はそのまま自分で入り口まで受け取りに行き、寝間着を雪乃の横にある椅子の上に置いた。

今晩、ここに泊まることになるのだと、雪乃は今さらのように頬を染めた。

ここまでついてきて、さっきも指先がすっかり力を失うほどにうっとりするような口づけを交わしておいて、今さら何もないと思うほどウブでもない。

このまま何もなく帰されても、呆然とした挙げ句、自分が失意に打ちひしがれるのは目に見えている。

ただ、それをあらためて意識すると、どうしていいかわからなくなるだけだった。

「食べるか？」

英彬は菓子鉢から何かを取り、雪乃の手に握らせる。

「何ですか？」

「何だろうな、バタークッキーか何かのようだが…、嫌いじゃなかっただろう？」

そうだ、この人は昔からお菓子やキャンディー、チョコレートなどもよくくれたのだと雪乃は思い出す。

羊羹《ようかん》、大福などもたまにあったが、舶来ものの美味しい、珍しいお菓子が多かった。

その逐一をどんなものか説明してくれ、香りをかがせ、指で触れさせ、味あわせてくれた。

雪乃の目の前にあるものがどんなものなのか、見えない雪乃にもそれを説明する手間を惜しまない、珍しい大人だった。

しかし、今は何かひどく子供扱いされたような気もして、雪乃は男の腕をつかむ。

「お菓子は好きですけど、…もう、子供じゃありません」

男がかすかに笑う気配がする。

あの低い美声が、子供に物語でも読み聞かせるように答えた。

「…そうだな、ずいぶん大きくなった」

「子供扱いしないで…」

雪乃は懸命に男の腕を引き、伸び上がってその首を抱こうとする。

闇雲に腕を伸ばした雪乃を、男はしっかりと抱きとめてくれた。

英彬はネル素材の寝間着の上に、ベルベット素材のガウンか何かをまとっているようだった。

もたれた胸は広く、頬にあたる布地は柔らかい。

「雪乃？」

「あなたが好きです」

雪乃は夢中で男の顔を探り、そこに仮面のないことを確かめ、口づける。滑らかな頬に、唇に、そして焼け爛れた方の頬に、瞼に続けて口づけた。

「お前は…、この顔が恐ろしくはないのか？」

男はさっきまでの憤りのない声で、低く不思議そうに尋ねた。

自分の容貌に恐れを抱かない雪乃を、純粋に不思議に思っているらしかった。

「あなたは恐ろしい、醜いとおっしゃるけど、僕だって自分で見えていない、わかっていないだけで、恐ろしい顔や身体を持っているかもしれない」

「そんなことがあるものか」

軽くいなすように笑う英彬に、雪乃は見えない目を向ける。

「昔から…、混血、混血とよくからかわれました」

「それは…」

ある程度、雪乃が受けてきた言葉が想像つくのか、英彬は眉を寄せたようだった。

「目の見えないことで、人から相手にされなかったこと、いない者のように扱われたこともしょっちゅうありました。目も青い、顔も手も不健康に青白いって…。あなたこそ、僕を人とは違うから嫌だとは思われないんですか？」

「お前は昔から天使画のように可愛らしい、よく整った顔をしていた」

男は笑うと、そっと雪乃の髪を撫でてくる。

「膝の上で無防備に眠るお前を、よくこんなに可愛らしくあどけない生き物がいるものだと思って見ていた」

「…あれは」

いつまでも英彬と離れがたくて、それでも夜遅くなると眠気には抗《あらが》いがたくて、気がつけば眠り込んでしまっていたものだと、雪乃はうっすら頬を染めた。

男が身にまとった香りと温かさに包まれていると、子供心にもそれまで感じたことがないほどに幸せだったことを思い出す。

「今も十分に美しい。…私を好きだと語る、その言葉が信じられないぐらいに…」

英彬の唇が、雪乃の頬に押しあてられる。

その口づけのやさしさに、この人がどれだけ繊細で優しい人かわかると、雪乃はうっすら口許に笑みを浮かべた。

「おいで、雪乃」

英彬は雪乃の手を引き、隣室へと誘《いざな》った。


雪乃はふんわりと寝台の上に横たえられて、何度も丁寧に口づけられた。

舌を甘く絡め取られ、自分がみっともない獣のように濡れた声を上げるのを聞く。

恥ずかしい声を洩らす喉を押さえてみても、抱きしめられていると自然に身体が開いた。

シャツの前を開かれ、直接青白い素肌を見られる緊張よりも、もっと深く抱いてほしい、もっと触れあいたいという気持ちがわきあがってきて、雪乃は英彬にされるままに手足の力を抜いてみる。

男の舌が耳朶《じだ》をなぞり、首筋を味わうかのように舐《な》め上げてくると、喉の奥から甘ったるい悲鳴が漏れる。

雪乃は男の腕に縋《すが》り、ボタンを外したシャツの合わせ目から直接に肌に触れられる刺激に身を揉《も》んだ。

ひんやりとした夜気に肌が粟立《あわだ》つと、英彬は自分もまとっていた寝間着を脱ぎ捨て、直接に覆い被《かぶ》さってくる。

その肌は雪乃よりも熱っぽく、触れあう下肢ははっきりとした男の欲望を感じさせた。

「…っ」

寝台の上に押さえつけられ、雪乃は息を弾ませる。

雪乃はただ、籠《かご》の中で囀《さえず》る小鳥ではない。

ちゃんとこの身体でも男を慰めることができるのだと——英彬がちゃんと自分相手に征服欲を抱いてくれることを知り、嬉しくなって男のがっしりとした身体を抱きしめた。

その手に、背中や脇腹、片方の腕なども、広い範囲にわたってひどく焼け爛れた肌が触れた。

こんなにまでひどく身体を焼かれて、苦しまなかったはずはないだろうにと、雪乃の胸の内いっぱいに愛おしみが湧《わ》き上がってくる。

「…こんなになって…、痛かったでしょう?」

小さく洩らすと、英彬はたまらなそうに息を呑み、雪乃の頰に、額にと口づけた。

「雪乃…、可愛い雪乃…」

そこから男の動きは一転して感覚の飛ぶような、激しい愛撫《あいぶ》へと変わった。

「…ぁ…あ…」

首筋から胸にかけてを舌で辿られ、小さな乳頭を刺激されると雪乃は息を呑んで身悶《みもだ》える。

濡れた舌の感触はじっとしていられないような強い刺激で、我知らず腰が動く。

雪乃は懸命に男の肩に縋った。

房事を知らない雪乃にとっては、それ以上続けられると理性が飛んでしまうような危うい刺激だった。

「ここが好きか？」

あの低い官能的なよく響く声で尋ねられ、雪乃は答えもなく頷いた。

器用な指の先で胸許をつまみ、ゆるく捏《こ》ねるようにされると、それだけであえなく達してしまいそうになる。

「…ぁっ、…だめっ、…だめ…っ」

小さく呻き声を上げて前を押さえようとした雪乃の手を退《ど》け、男は何のためらいもなく雪乃自身をつかんだ。

「子供のような、淡い色をしてるんだな」

男の囁きに雪乃は歯を食いしばり、首を横に振って、放ってしまいそうになる衝動をこらえた。

早くも先端から滴をこぼしている自分が恥ずかしくて、でもそれ以上、耳許で囁かれるとそれだけでおかしくなってしまいそうで、何度も大きく口で喘ぐ。

男は笑って固く凝って勃《た》ち上がった乳頭を口に含むと、手の中に握った雪乃のものをゆっくりとこすった。

自分で触れるよりももっと緩慢に、撫でるようにゆるく触れられているだけなのに、他人の手によって握られているという刺激は強すぎる。

雪乃は何度も四肢を突っ張らせた。

「やっ…、あっ…」

自分でも驚くほどのあっけないほどの短い時間で、雪乃は絶頂を迎えた。

「…あ…」

涙混じりに目を見開いて、荒く息をつきながら呆然としている雪乃の耳許で男が低く囁く。

「まだ若いからだ、反応が早い」

そのままさらに上下にこすられると、放ったばっかりのものは男の言葉通り、早くも勃ち上がりはじめる。

「…ごめんなさい」

「いや」

普段よりもさらにやさしい英彬の声が、笑みを含む。

「それに視界がない分、お前は感覚が鋭いんだろう」

「…でも」

それではあまりにみっともないと、雪乃は見えない目にうっすらと涙を浮かべる。

「少しも悪いことじゃない、雪乃。むしろ…」

男にとっては本懐だ…、そう囁きながら、男の唇は赤く染まった雪乃の耳朶をそっと唇にはさみこむ。

気が変になってしまいそうだから、この声で耳許で囁かないでほしいと、雪乃はさらに翻弄されながら願った。

男は信じられないほどのやさしさで雪乃を俯《うつぶ》せに這わせ、軽く腰を持ち上げさせた。

それでもこの獣じみた姿勢は恥ずかしいと許しを請うたが、男は抵抗を許さなかった。

淫《みだ》らな格好で何度も臀部《でんぶ》を撫で上げられ、人に見せたこともないような部分を晒けだされる。

あからさまになった場所に触れられると、雪乃は恥ずかしさのあまり枕《まくら》に顔を埋めた。

恥ずかしさのあまり固く口を閉ざした箇所に、あの節の高い大きな手で執拗に触れられる。どんな声を上げていいかもわからず、雪乃はただただ息を弾ませた。

それでも前はさらに露骨なまでに反応を示して、腹につくほどに反り返ってしまっているのが自分でもわかる。

やんわりと長い指で押し開かれ、熱くぬめった舌先が指に沿ってヌルリと内側を舐め上げたときには、思わず口から悲鳴が漏れていた。

「いや…っ、あぁっ…」

それでも俯せの姿勢のまま、何度も何度も入り口を舐め上げられ、ゆっくりと長い指を使って内部を愛撫されるうち、雪乃は徐々に我を忘れていった。

勘のいい男の指先はすぐに雪乃の弱点を探り当て、何度も執拗にそこを嬲《なぶ》った。

雪乃はただ腰を震わせ、なす術《すべ》もなくシーツをつかんで喘ぐ。

一本の指でも雪乃を十分に狂乱させたのに、やがて長く節の高い指は二本に増やされる。

最後、何かの滑りのよいクリームと共に三本に増やされた時には、雪乃はたまらずに熱い飛沫《しぶき》を放った。

「…ごめんなさい」

シーツを汚した粗相に、雪乃は息も絶え絶えになって涙ぐむ。

英彬は含み笑いを洩らし、気にすることはないと囁いて、さらに中に埋め込んだままの指を蠢《うごめ》かした。

この人はやはり、美しい声の悪魔ではないのかと雪乃は朦朧《もうろう》としながら、すっかり乾いた唇から荒い息を洩らす。

その乾きを見てとってか、男はかたわらの水差しからグラスに水を注ぎ、口移しにその水を飲ませてくれた。

ひんやりとした水が甘く心地よくて、雪乃は与えられるままにその水を貪《むさぼ》った。飲み込みきれずに白い喉を伝う雫を、またさらに男の舌が舐めとる。

汗で湿った髪を、長い指がかき上げてくれる。

そんな余裕と経験を感じさせる英彬の愛撫に、大人の恋も十分に知っている人なのだと、雪乃は恨めしいような想いで呻く。

射精してすぐにもかかわらず、再び内部をゆっくりとまさぐられると、雪乃の下肢はまた淫らに頭をもたげ出す。

「もう許して…、お願い…」

際限なく反応を続ける自分の好色な身体が怖くて、雪乃は泣いた。

こんなに立て続けに達したことはない。

乱れた息が、うまく整わない。

火照った身体は上気して、すでにぐずぐずに蕩《とろ》けかけて、下肢にも力が入らない。

それでも腰から下は、別の生き物のようにうねうねと男の指を含んだまま、いやらしく蠢き続ける。息も絶え絶えな雪乃とは裏腹に、浅ましく蠢いているのがわかる。

英彬がうなじに口づけ、ようやく指を引き抜いてくれた時にはほっとしたが、それとは裏腹に今まで三本もの指を呑み込んでいた箇所は、いつまでも名残惜しげに収縮した。

自分でも止めようのないはしたない反応に、涙混じりに乱れた息を整えようとすると、身体を仰向《あおむ》けにされる。

そのまま両脚を大きく開かされ、英彬自身をあてがわれた時には、雪乃はまだ事態が飲み込めず、されるがままにぼんやりと身体を開いていた。

うまく力が入らない下肢の、完全には閉じきっていない熱っぽく綻《ほころ》んだ部分に、指よりももっと質量のある硬く巨大なものが沈み込んでくる。

雪乃はただ見えない目を大きく見開いて、抗うこともできずに内部に沈み込んでくる英彬を受け入れた。

それでも、長大な男のものは簡単には入りきらず、二度、三度と雪乃の内部をゆっくりえぐるように大きく動く。

そのたびに雪乃は身体を大きく仰《の》け反《ぞ》らせ、喉を開いて大きく喘いだ。

あからさまに反り返ったものを握りしめられ、上下にゆるくこすられるとまたどうしようもなく快感が高まってくる。

圧倒的な質量を誇るものにゆっくりと腰の奥部をこすられ、信じられないほどに深い箇所をゆるく突かれる。

前を握りしめられるのとはまたまったく異なったリズムと快感に、雪乃はただ翻弄された。

雪乃は声もなく男の首に腕をまわし、その動きにひたすら身を沿わせ、喘ぎ続ける。自ら応じるほどの余力はないけれど、求められるのなら自分にできるだけの快感をあげたい。

「雪乃…」

雪乃と唇を合わせる合間、英彬は低く呻いた。

「雪乃…」

いつもよりもはるかに切迫したような英彬の声が、何度も低く名前を呼ぶ。

嬉しい、と雪乃は薄く笑った。

内部を穿《うが》たれるのは苦しくもあるけれど、男の動きと同時に言葉にできないほどの強烈な刺激が、波のように押し寄せてくる。

英彬の顔は見えないが、雪乃を呼ぶ熱っぽい声や、雪乃の中に深く埋まり込んだ熱《いき》りたった砲身が、雪乃の身体で快感を感じていてくれているのだと、見るよりも確かな応《いら》えを返してくれている。

「…は…っ、もう…っ」

雪乃はそれ以上、うねりくる波をこらえきれなくなって喘いだ。

高みに放り上げられるような感覚に、四肢を強く突っ張らせて目の前の男にしがみつく。

「…っ…！」

その刺激でか、英彬も切迫した声を漏らし、強く雪乃の身体を抱きしめた。

大きく身体を揺さぶられる間も、身体の奥に何か熱いものが次々と放たれているのがわかる。

「…ぁ…あ…」

深く抱きしめられ、身体の中心に男の放った熱い脈動を感じながら、雪乃はなおも続く快感に小さく呻いた。


身体が重く、指先一本動かす気になれない中、清潔なタオルで身体を丹念に拭《ふ》き浄められる。

その後、温かな毛布に包まれ、男の腕を枕にうとうととまどろみかけた雪乃は、指でやさしく髪を梳《す》きながら自分を愛しげに見つめる男の顔を見たような気がした。

めりはりのきいて、よく整ったその顔がはっきりと見えて、雪乃は驚いて目を見開く。

くっきりと彫りの深いその顔立ちには、寝台脇の明かりのせいで陰影がある。

「…っ」

雪乃はその顔をよく見ようと、夢中で手を伸ばした。

「雪乃？」

いつもよりもくぐもった声が、すぐ側で訝《いぶか》るように尋ねてくる。

手に触れたのは、ひどい火傷痕の残った男の頬だ。

「眠れないのか？」

その声を聞き、雪乃は自分が見たと思った顔が夢の中のものだったことを知る。

それにしてはあまりに鮮明で、今も瞼の裏にその顔立ちが残っているような気がする。

けれども確かに見たと思った英彬の顔には火傷痕はなく、今こうして目を見開いてみても、すぐ目の前にあるはずの男の顔は見えない。

「あなたの顔が見えたような気がして…」

かすかに笑う気配がする。

「寝ぼけたのか？」

両頬を大きな手ではさまれ、こめかみや頬にやわらかく口づけられる。

馬鹿にされたのではないとわかるが、それでも英彬の顔を直接に見ることができないことが、顔ばかりでなく、その姿形を目にできないことが悲しかった。

「…あなたの姿を見たい」

思いもかけないやさしさで、こうして自分の頭を支えてくれている、長く逞《たくま》しいこの腕を見てみたいと、雪乃は呟く。

一生願ってもかなわないだろうが、ひと目でいいから目にしてみたい。

「…自分でも、正視できない顔だ。きっと、お前だって悲鳴を上げる」

英彬は嘲笑《あざわら》うでもなく、淡々と答える。

「でも僕は…、そのあなたを苦しめた火傷の痕も含めて、見てみたい。あなたが苦しんだその疵も含めて、英彬さんだと思うから…。僕がこの見えない目を含めて、あなたの雪乃であるように」

英彬はしばらく黙って、雪乃の髪をただ撫でる。

やがて、雪乃の頬、そして瞼にそっと唇が押しあてられた。

「そうか、この疵も含めて私か…」

低く呟く男の手を、雪乃は黙って握りしめる。

盲目の雑役夫で一生を終えるはずだった自分が、この男によって歌を与えられ、それを歌う舞台まで与えてもらった。

それればかりでなく、こうして子供の頃からの想いまで遂げさせてもらった。

これ以上、何かを望むというのは贅沢に過ぎるというものだろう。

それでも、さっき英彬の顔を見たと思ったのは、神様の贈り物だったのだろうか…。

「ええ、僕が子供の頃からずっと大好きな…」

包み込むようにかたわらに寄り添う男の温もりに、また心地よいまどろみへと誘《いざな》われながら、雪乃は小さく答える。

「…そうか」

おやすみ、と囁いた男の声を子守歌に、雪乃はやがて眠りに落ちた。

終章

燕尾服に身を包んだ英彬は、オーケストラの前奏を雪乃と共に舞台の袖で聴いていた。

カーテンの陰から見た客の入りは七割というところだろうか。

新聞には英彬を『幻のテノール』などと銘打ってあったが、客の大半は日本ではこれまでまったく無名の英彬の歌を聴きに来たのではなく、過日の『椿姫』でアルフレード役が当たった盲目のテノール、菊川雪乃の歌、アリアを聴きに来ているのだろう。

だが、別に英彬にとっては客が誰目当てだろうとかまわなかった。

もともと、舞台度胸は据わっている方だ。ヨーロッパでも、英彬の名を知る客など誰もいなかった。それでも自分はこの声と歌によって、満場の拍手や喝采、カーテンコールを得ることができた。声も技量も、あの頃から衰えたとはまったく思っていない。

むしろ、あれから七年を経て、声はさらに年齢的な深みと奥行きを増してきたのではないかと、リハーサルを聴いた嘉彬が嬉しげに語っていたぐらいだ。

なので、この舞台に気後れを感じることは少しもなかった。

だが、以前のような、共演者よりも誰よりも、まず自分が一番の評判を得たいというような驕《おご》りはない。

それよりも、雪乃の名前がかかったこの今夜のコンサートを、必ず成功させてやりたいという思いがあった。

同じように燕尾服に身を包み、隣に立つ雪乃の顔には、かなりの緊張が見てとれる。

自分の名前がメインとなってかかるコンサートは初めてだし、実際に目で客の様子を見ることが出来ない雪乃にとっては、やはり不安も多いだろう。

一週間の予定で、雪乃と共にコンサートをやってみてはどうだろうと英彬に持ちかけてきたのは、弟の嘉彬だった。

最初の話では、次の演目までの空きに、評判を呼んだ雪乃で急遽リサイタルを打てないかという話が、オペラ座の経営陣の間で話が持ち上がったのだという。

それを自分一人ではとても舞台を持つことはできないと、雪乃が固辞したらしい。

雪乃のリサイタルの話が持ち上がっているとは聞いていたが、英彬自身もよもや当人が断るとは思っていなかった。

むろん、雪乃の謙虚さはよく知っていたが、それとリサイタルを天秤にかけても、とても断らなければならないような話には思えなかったからだ。

実は兄さん…、と英彬の部屋を訪れた嘉彬は、いつものようににこやかに切り出した。

──菊川君がリサイタルを断ったという話は聞いているでしょうが、一つ、彼が私に打診してきた条件がありましてね…。

理事会を代表して、昼間、支配人と共に雪乃と話をしたという嘉彬は言った。

──一人で舞台を務める実力はまだないが、兄さんとなら喜んで一緒に歌いたいって…。兄さんにはもう一度、人前で歌う気はないだろうかって、尋ねられましてね。

──…雪乃が？

雪乃にしてはずいぶん大胆な条件を持ち出したものだと思うと同時に、今、雪乃がその願いを嘉彬の前で口にした理由もわかる気がした。

少し前、雪乃が英彬の歌を皆にも聴いてもらいたい、そうすれば英彬の歌の素晴らしさを皆にわかってもらえるのに、と英彬の手を取りながら微笑んだことを思い出したためだ。

そうすれば、僕が誰に歌を教わったか、そして、僕よりも英彬さんの方がよほど凄い歌い手だっていうことが、皆にもわかってもらえるのに…、と雪乃はやさしい声で囁いた。

閨《ねや》の中のことだったので、単なる睦言《むつごと》の一つ、それこそ自分の手の内で小鳥が奏でる甘い歌を聴くような思いで聞き流していた。

あれは単なる睦言ではなかったのかと思ったが、英彬以外の人間、特に嘉彬を通して、雪乃があえてそう尋ねたというのは、それが雪乃の切実な願いであり、雪乃からの正式な打診でもあるのだろう。

――どうでしょう？

そう言ってにっこり笑った弟は、今思えば相当な策士だ。

――もし、人前に立つのに抵抗があるというのなら、イタリアのヴェネツィアには、華やかな仮面をつけるカーニバルがあるというじゃありませんか。そんな扮装で舞台に出ていってみるのなら、演出としてありかもしれませんよ？

華やかなヴェネツィアの仮面がいくつも載った洋書を差し出され、あの時、とっさに英彬は笑ってしまっていた。

――なるほど、そういうのも面白いかもな。

半ば以上、冗談だと思ったせいもある。

ただ、そんな嘉彬の話に笑えたのは、やはり雪乃の存在があったからこそだ。雪乃に会っていなければ、たとえ冗談だとしても聞き流せなかっただろう。

英彬が笑うと、嘉彬も笑った。

――兄さんさえその気なら、そのように手配も整えます。

――どこまで本気だ？

――兄さんの舞台を見たいというのは、僕にとっても長年の悲願です。父さんがずっと兄さんの舞台を心待ちにしていたように…。

いつものように穏やかな表情だったが、その落ち着いた声に嘉彬の切実な思いがこめられていることがわかって、むげに断れなかった。

——兄さんには素晴らしい才能があると思います。才能というよりも、兄さんは舞台で花形を務めるためにために生まれてきたような人でしょう？　僕も菊川君と同じで、できることならそれを世間にも広く知らせたい。歌を聴けば、誰もが納得するはずです。

——仮面があるならな。

そう言って英彬は、嘉彬の差し出した本のページの鼻から上を隠す金色の華やかな仮面を指差した。

確かにこの手の仮面なら、英彬の火傷のほとんどは隠れる。面白いことを考えたものだな、と英彬は思った。

アリアばかりを集めたコンサートならではの演出だと言える。

——急いで誂えさせましょう。菊川君にはそうだな。これと対《つい》のデザインで、銀色の仮面を用意させましょう。…主立ったデザインを似せて、彼の仮面は目許だけでもいいかもしれない。

呟きながらページに目を落とす嘉彬に、英彬は笑った。

——本気なのか？

——ええ。

丁寧に付箋《ふせん》をはさんだその本を脇に抱え、嘉彬は笑顔で頷いた。

英彬はあそこではじめて、嘉彬がにこやかながらも真剣に話を持ちかけていることに気づいた。

——コンサートの承諾を得られて助かりました。本当は菊川君は、レコードで兄さんの歌を皆に聴いてもらうことはできないかと言っていたんですがね。

——お前…、いい性格をしているな。

さすがに呆れ、英彬は腰は低いがしたたかな弟を咎めた。

確かに雪乃の言い分について嘘はついていないが、共に舞台に立てばいいという、そこから後の提案については嘉彬のものだ。

なるほど考えてみれば、英彬の苦悩を知る雪乃が、安易に人前に立てと言うはずもない。

——僕は父さんと同じで、根っからの商売人ですからね。

嘉彬はにこやかに言い放つと、楽しげに部屋を出ていった。

そして、嘉彬が用意した舞台が今日の日だった。

オーケストラが曲を奏でる中、すでに金色の華やかな仮面を装着した英彬は、雪乃が銀の仮面をつけるのを手伝い、黒のリボンを頭の後ろで結んでやる。

「…緊張します」

出番を控え、雪乃を腕につかまらせてやると、青年は小さく呟いた。

「大丈夫だ、胸を張れ。お前の技量なら大丈夫だ」

耳許でささやいてやると、いえ…、と雪乃は小さく首を振る。

「あなたと並んで歌える日が来るなんて…、足を引っ張らないか、それだけが心配なんです…」

雪乃らしい謙虚で可愛らしい言い分に微笑むと、英彬は舞台へと足を踏み出した。


『菊川雪乃、恩師と共に妖艶なる銀の仮面をつけて、オペラ座の舞台を飾る』

『高塚英彬、美しき魔王が如《ごと》き魅惑の声――アリア公演チケットはすべて完売』


朝、内村が朝食と共に運んできた新聞に目を落とした英彬は、唇を笑みの形に作る。

舞台初日以降の評判は上々だ。

昼間から記者が詰めかけてきて、うるさくてかなわないと支配人がこぼしていましたよと、嘉彬が笑っていた。

オペラ座にはしばらく、次の演目がかかっているので、その間にレコードを作ってみるのもいいかもしれませんね、と言ったのも、意外にしたたかな一面を持ち合わせた嘉彬だ。

それでも英彬にとっては、昔からよく気のあう弟だ。

嘉彬は嘉彬で、英彬を舞台に引っ張り出す機会を辛抱強く待っていてくれたのだろう。

赤字となるかもしれないコンサートを、一週間もオペラ座の演目としてかけるのには、それなりの覚悟もいる。

それとも、今のオペラ座の看板である雪乃との共演は、赤字に対する嘉彬なりの保険だろうか。

それはそれでいい、と英彬は思った。

商売人が端から赤字を視野に入れているようでは、商売も成り立たないというものだ。

「雪乃」

新聞を置いた英彬は、まだ寝台で眠り込んでいる青年の名を呼んだ。

「お前の歌が、また新聞記事になっている」

英彬が声をかけながら寝台の端に腰を下ろすと、雪乃はやや頼りない表情で毛布の上を探った。

英彬はその手をとらえてやる。

「…寝過ごしてしまいました」

雪乃は恥ずかしそうに笑うと、目許を照れたようにこする。

「昨日も遅かったからな」

「いつまでもこうして眠り込んでいたら、恥ずかしいですね。内村さんにも申し訳なくて、顔向けできない…」

剝き出しの白い肩をシーツで隠そうとするのに、英彬はローブを着せかけてやる。

すでに英彬の部屋の隣に、二間続きとなった雪乃用の寝室と居間が用意されている。

目端の利く嘉彬が、いっぱしの看板役者となったなら、いつまでも団員用の寮住まいでは窮屈でしょうと、恐縮する雪乃を半ば無理矢理屋敷に連れてきたものだ。

だが、雪乃は夜はこの部屋で寝ることがほとんどだ。

何もなくとも、英彬の横で丸くなって眠る。

こうして寄り添っていられると本当に幸せだと、雪乃は子供の頃と同じ無邪気さで、夜毎、英彬の隣でそっと囁いてくれる。

この存在がかたわらにあれば…、と英彬は雪乃の肩を抱いた。

こうして囁き続ける相手がいてくれれば、日々はかけがえのないものになるのだと知った。

「…内村は私を子供の頃から知っているからな」

はてさて、と英彬は笑った。

「そうなんですか？」

雪乃は青い瞳をいくらか揺らした。

「ああ、それこそ、お前が私と会った歳よりも前…、五つか六つの頃から知っている」

「五つか、六つ…」

呟いた後、雪乃は嬉しそうに笑った。

「英彬さんにもそんな頃があったんですね」

「ああ、嘉彬と二人…。それなりにやんちゃだった」

あいつも、私も…、と英彬は弟と二人、屋敷の中を走りまわって怒られたことを思い出しながら、雪乃のこめかみに口づける。

「やんちゃ？」

ひそやかな笑い声は、いつも英彬の気分を軽くしてくれる。

「だから今、私が多少の無体をしたところで、そういうものだと諦めているだろう」

思えば嘉彬だけでなく、内村にも長く心配をかけたのだなと、英彬は内心での感謝とは裏腹の軽口をたたいた。

「いえ、そういう問題ではなく…、僕と内村さんとの信用の問題だと思います」

青年は溜息交じりにもらすと、そっと英彬の肩口に頭を預けてきた。

ＥＮＤ

夏の訪れ

I

開け放った窓から、今朝も賑やかに蟬《せみ》の鳴き立てる声が聞こえてくる。

鏡の中、浴室のレースのカーテンが夏風にやわらかく揺れているのが見えた。

比較的涼しい風が、開け放ったドアから寝室の方へと抜けてゆく。

今日はまだ、しのぎやすい日になるだろうかと、顔を洗い終えた高塚英彬《たかつかひであき》はタオルで顔を拭《ぬぐ》った。

タオルを降ろすと、端整な右の顔と、ひどく焼け爛《ただ》れた左の顔の両方が映る。

あいかわらず酷《ひど》い顔だと、英彬は髪を撫《な》で上げながら小さく口許で笑った。

無惨《むざん》な火傷痕《やけどあと》は自分で見てもぞっとすることには変わりないが、今はあまりに強烈なこの顔の対比を笑って受けとめる余裕も出てきた。

英彬は顔を拭い終えると、綿麻の布を手に取る。

目のところが丸く空いた大きな三角状の生成りの布で、顔に沿うようにダーツを取り、原形をとどめぬ耳まで隠せるよう立体的に作られているが、以前英彬のつけていた仮面に比べれば顔を覆《おお》う部分はかなり少ないマスクだった。

その分、額や頰の火傷痕がいくらか露出するが、以前の革の仮面に比べればはるかに涼しく軽やかにできている。息苦しさもない。

以前、雪乃《ゆきの》にこういうのはどうだろうと、試しに作らせたものに触れさせ、尋ねた時、あまりぴったりとお顔には沿わないかもしれませんが、僕はこっちの方が肌触りがよくて好きかもしれませんと言って、青年は微笑《ほほえ》んだ。

いかにも雪乃らしい、これまでの革の仮面を否定するわけでもない、利口な言い分だった。

しかし、それを聞いた時、そこまで完全に火傷痕を他人の目から隠さなくてもいいのではないかと思えた。

さすがに気の弱い女子供なら、失神しかねないほどにひどい火傷痕すべてを人前に晒《さら》すのは、気が引ける。だから、見苦しくない程度、それこそ人が目を背けなくてもいい程度に痕を隠せればいいと思った。

そして同時に、これまで人の目からこの惨《むご》い火傷痕を隠したかったのは、英彬自身ではなかったかと気づいた。

もともと、この布のマスクを作らせてみようと思ったのも、雪乃がいればこそだった。

六月中旬のずいぶん蒸し暑い日に、雪乃がステージ後に楽屋で英彬の革の仮面にそっと触れ、尋ねてきたからだ。

——暑くて、辛かったんじゃありませんか？　今日はひどく蒸すから…。

雪乃が英彬の息苦しさや肌の蒸れに対する不快さを心から案じているのだとわかった時、自分の中でも憑《つ》き物が落ちたように、火傷痕に対するこれまでの憎しみや恨めしさが溶解していった。

もっと身につけていて楽な素材、布で何かで傷痕を隠せるようなマスクを作れないだろうかと内村《うちむら》に尋ね、何度か試作の後に用意されたのがこのマスクだ。

普段は絹で、夏は風通しのいい綿麻で作ってある。

意外なことに、このマスクからいくらか火傷痕が覗《のぞ》いていても、これまでのように必要以上にじろじろと見てくる人間はほとんどいなくなった。

たまに不躾《ぶしつけ》な目を向けてくる者もいるが、そんな人間は相手にしないことに決めた。

こちらが堂々と振る舞っていれば、逆にそういった手合いの方がバツの悪そうな顔となるのだというのもわかった。

内村や嘉彬《よしあき》も、今のこの布のマスクの方が仰々しくなくていいという。多少、赤く残った火傷痕が見えたところで、それはそれだと受けとめられるものらしい。

むろん、陰であれこれ言う者は今までと変わりなくいるのだろうが、それも今は気にならない。

以前なら何を言われているのかと勘ぐっていただろうが、それも不思議なほどに気に留まらなくなった。

言いたい奴は、言えばいいのだ。

「英彬さん」

英彬がその綿麻のマスクをつけていると、雪乃がドアのところで呼びかけてきた。

「朝食をテラスに用意してもらおうと思うんですが、いいですか？」

「テラス？」

英彬の返事に、雪乃は微笑んだ。

「ええ、内村さんがこの時間なら風も気持ちいいから、どうですかって」

「そうだな、今日は外の方が涼しいだろう」

すぐに行くと言ってやると、雪乃は嬉《うれ》しそうに頷《うなず》く。

「テラスでいいそうです」

「承知しました、お持ちしましょう」

二人のやりとりに微笑むと、英彬は髪を整えた。

テラスに出てゆくと、すでに雪乃は用意されたテーブルに着いて待っていた。

淡い色の髪が、ゆるく風に吹かれている。

「待たせたな」

声をかけながら席に着くと、雪乃は英彬の方へと顔を振り向けてくる。

「確かに風が気持ちいいです。ここのところ暑かったから、助かりますね」

英彬はテーブルに用意された新聞を手に取る。

「今日は比較的しのぎやすい日だと、天気予報にも書いてある。午後からの急な夕立、雷雨に注意……というのは、ここのところ毎日の決まり文句だな」

英彬の軽口に、雪乃が忍び笑いを洩《も》らす。

オレンジを手絞《てしぼ》りにしたジュースが美味《おい》しいと、今朝も嬉しそうな顔を見せる青年と一緒に座っていると、世界はずいぶん明るく輝かしいものに見える。

あれほど呪わしかった日々が、今は嘘《うそ》のようだ。

並べられたスクランブルエッグやトーストといった、普段と変わらない朝食も、今は優雅な気分で食べることができた。

全身に残った傷痕はあいかわらず酷いものだというのに、大事な存在がかたわらにいてくれるというだけでここまで人間は変われるものらしい。

「雪乃、今日は早めに出て、少し銀座を覗いてみるか？」

「銀座ですか？」

夜の公演前に、銀座を歩こうと誘う英彬に雪乃は頷いた。

銀座は百貨店やカフェーで、今や東京で一番の賑《にぎ》わいともいえる街だ。銀ブラと称して、ウィンドウをひやかしに行く人間も多い。

「ソーダや、アイスクリームは嫌いじゃないだろう？」

からかうと、雪乃はトーストを口に運びながらうっすら赤面する。

「いつまでも子供扱いしないでください」

今もたまにチョコレートなどを贈ってやると、雪乃はずいぶん喜ぶ。

一人で食べるのではなく、英彬とわけあって食べるのが好きなのだと、可愛らしいことを言う。

ひとつ召し上がりませんかと、隣に来て包みを楽しげに開ける様子を見ると、いつもこちらまで幸せな気持ちになった。

「嫌いな人はいないと思います。資生堂《しせいどう》パーラーの客には、男性客が多いっていいますし」

それに…、と雪乃はつけ加えた。

「英彬さんも、嫌いじゃないですよね？　意外に甘党でしょう？」

おとなしいようで、巧《たく》みな切り返しを見せる雪乃に、英彬もつい笑いを洩らした。

「そうだな、嫌いじゃない」

そして、テーブルの上に置かれた雪乃の手に、最近では舞台に立つ時以外、もう手袋をほとんどはめることのない自分の手を重ねた。

「雪乃、手を」

先に都電から降りたった英彬は、タラップを降りようとする雪乃に手を差し伸べる。

外出用の杖を手にした雪乃は薄く微笑み、英彬の手につかまってタラップを降りた。

英彬が降車を待つ車掌に向かって手を上げると、車掌はご乗車ありがとうございました、と頭を下げてドアを閉める。

英彬は賑わう銀座の通りを、雪乃を腕につかまらせて横切った。

帰国して以来、外出にはずっと車を使っていたが、最近ではこうして都電で出かけることも苦ではなくなった。

白い麻の三《み》つ揃《ぞろ》いに身を包み、カンカン帽をかぶった二人は、夏の装いの人々の間に混じって通りを歩いてゆく。

幼い雪乃と二人、幕の引けたオペラ座で歌っていた頃、こうして夏の明るい日の下、肩を並べて歩くことなど思いもよらなかった。

「今日は、どのソーダにしますか？」

シロップと炭酸水とを調合してくれるソーダ・ファウンテンが売りの資生堂パーラーの前で、さっきの意趣返しなのか、雪乃が尋ねてくる。

「やっぱり、そのつもりで来たのか？」

英彬は笑った。

「ええ、今日は僕の奢《おご》りです。どうぞ、お好きなものを。レモンはさっぱりしていて、個人的にお勧めです」

「わかった、じゃあ、レモンで。クリームも一緒に頼む」

軽口をたたき合っていると、後ろから若い女性が二人ほど追いかけてきた。

顎《あご》のあたりで短く切りそろえた髪に、深めの帽子を被った今時の女性だ。

「あの…、歌手の菊川《きくかわ》さんと、高塚さんですか？」

息を弾ませる女性に尋ねられ、歌手と呼ばれることに一瞬驚きながらも、英彬は頷く。

「そうですが…」

二人のモガは顔を見合わせると、やっぱり…、と笑顔を見せた。

「この間の舞台、素敵でした」

東京音楽学校で声楽を習っているという二人は、握手を求めてくる。

「お二人とも、とても背がお高くて…」

そういう片方の女性は、確かに背が英彬の胸のあたりまでしかない。

「素敵ですね」

「…どうもありがとう」

予想外の賛辞に驚き、面食らいながらも、英彬は会釈をする。

「声も素敵」

「ここでお会いできて光栄です」

黄色く弾んだ声に見送られ、英彬は再度の会釈と共に雪乃を連れてパーラーへと入った。

案内を待つ間、そっと英彬の腕に腕を添えた雪乃が囁《ささや》いてきた。

「可愛い方達でしたか？」

「ああ、今時の格好の子達だったね。若いからかな？」

大胆に自分達から声をかけてくるのは、最近の流行《はや》りなのかと英彬は呟《つぶや》く。

若い女性が英彬の容姿に臆《おく》することなく、明るくはしゃいだ声をかけにきたのは初めてだった。

このひどい火傷痕は目に入らなかったのだろうかと、逆に不思議な気持ちになる。

火傷を負う前は、女性から言い寄られることも幾度となくあったが、連れ立った女性にあんな勢いで追いかけてこられた経験はない。

「少し妬《や》けました」

さらりと涼しい顔で言ってのける青年に、英彬は失笑を洩らす。

「まだ、ずいぶん若い子達だ。学生だろう？」

「僕だって、十七歳です」

「…そういえば、そうだな」

英彬は微笑む。

「声が素敵だそうです」

「お前のことかもしれない」

いえ、と雪乃は首を横に振る。

「さっきの二人の声は、どちらもあなたの方に向けられていました」

それに…、と雪乃はつけ足した。

「僕もそう思うので、あなたのことだと思います」

何とも憎めないその言い分に、英彬はさらに失笑する。

「お待たせしました、お席にどうぞ」

女給が頭を下げ、奥の席へと促した。

Ⅱ

その晩、雪乃を腕につかまらせた英彬が屋敷に戻ってくると、先に仕事から戻っていたらしい嘉彬が珍しく声を上げ、玄関の方へ急ぎ足でやってくる。

「…どうした？」

弟のいつになく興奮した様子に、何事かと英彬は振り返る。

「お帰りなさい、菊川君も」

それでも嘉彬は律儀に迎えの挨拶を口にする。

「ただいま、帰りました」

雪乃は丁寧に頭を下げる。

「二人共、よければ居間の方へ」

嘉彬は先に立って、英彬と雪乃を居間の方へと促した。

その手には英語の薄手の冊子が握られている。

「兄さん！」

「何だ？」

英彬が手を差し出すと、嘉彬は嬉しげにその冊子を手渡してくる。

ざっと見たところ、イギリスの医療関係の論文誌のようだった。普段、嘉彬が読むようなものには見えない。

「イギリスの？」

「ええ、医療関係の記事だそうです。えっと、陸軍病院…かな？」

嘉彬は英彬の手許を覗きこみながら、居間のドアを英彬と雪乃の前に開く。

確かにイギリスの陸軍病院の名前が記されている。

「どうぞ、座ってください。菊川君も、どうぞ。すぐにお茶を運ばせます」

嘉彬は控えた使用人にお茶の用意を指示すると、雪乃が英彬の隣に腰かけるのに手を貸し、自分も英彬らの前に座った。

「急な話なんですが、イギリスへ行ってみませんか？　もちろん、菊川君も一緒に」

普段の嘉彬にはない性急な切り出し方に、英彬は呆れた。

「いったい、何の話だ」

お前、今日はおかしいんじゃないかと、英彬は脚を組む。

「まぁ、いきなりこんなことを言い出せば、おかしいと言われるのも仕方がないですが…」

嘉彬はにこやかに切り出した。

「今日、大日本医師会の先生と少し話しましてね。大学医学科設立時の支援の話は、以前、兄さんにも相談したでしょう？」

「ああ、聞いたが…」

某私立大学の医学科設立には、高塚家も多額の支援をしている。

その際には、英彬も持っている資産の中から、嘉彬と共に出資していた。

「あれ以降、何度か医師会の先生方とお話しする機会があったんですが、今日聞いたのは、イギリス陸軍病院が先の大戦の負傷兵の怪我や火傷痕に皮膚移植などの積極的な治療を行って、かなりの成功を収めているという話なんです。その技術を、ぜひ現地で学びたいという話だったんですが、具体的な手術法について書いてあるのが、その記事です」

嘉彬は英彬に手渡した冊子を指差す。

英彬はあらためて、手渡された冊子に目を通す。

青い目を伏せ、じっと英彬の様子を窺っている雪乃に、その英文の中身をざっと訳して説明してやる。冊子には白黒の写真や解説図つきで、施術内容についてかなり詳細に説明してあった。

「肩や背中の皮膚を、顔に移して定着させる…」

「ええ、今、世界でも最先端の皮膚の形成技術らしいです」

「そんな方法が…」

かつて入院していたウィーンの病院で、現代の医療技術ではこの火傷痕に関しては修復のしようがないと言われた英彬は、しばらくじっと黙り込む。

「色んなことが、少しずつ進んでいるんですね」

隣で呟いたのは、雪乃だった。

その横顔には、いつものように穏やかな笑みがある。

ならば、自分は雪乃のこの瞳に世界を映してやりたいと、英彬は思う。

「むろん、完全な修復とまではいきませんが、皮膚の赤味や引き攣《つ》れなどには、かなりの改善が見られるとか…。だから無理にとは言いませんが、一度、イギリスに渡ってみないかと思ったんです。もちろん、菊川君も一緒に」

「僕もですか？」

雪乃は控えめに尋ねている。

「ええ、僕は会社もあるので、兄についていくことはできませんから、よければ代わりに兄についていてもらえないかと思って」

英彬と雪乃との関係を肯定的に受け入れているらしき弟は、まるで家族であるかのように雪乃に勧める。

それに…、と嘉彬はつけ足した。

「ウィーンほどではないですが、イギリスは宗教音楽についてはずいぶん強いらしいじゃないですか。今後、日本でも多声音楽は伸びてゆくでしょう。それに、ロイヤル・オペラ・ハウスもある。菊川君も一度、本場の音楽を耳にしてみるのもいいかもしれませんよ」

「本場の音楽…」

雪乃は驚いたのか、しばらく呆然《ぼうぜん》としたような顔を見せる。

英彬は腕を伸ばし、雪乃の手を軽く何度かたたいてやる。

「まぁ、今日はそんな話もあるというのを伝えたかっただけなんです。しばらくは二人共、公演もあるでしょうから、今すぐという話でもないです。でも、よければ考えておいてください。無理にという話でもないですしね」

嘉彬は微笑んだ。

「驚いたか？」

雪乃を腕につかまらせ、部屋へ戻りながら尋ねてやると、ええ、と雪乃は頷く。

「英彬さんはどうですか？」

「手術の話か？」

英彬は自室のドアを開きながら、雪乃を中へと促す。

「そうだな…、完全に治るわけじゃないというが…」

英彬が嘉彬から受け取ってきた冊子に、雪乃はそっと手を添える。

中身が読めるわけではないが、興味はあるらしい。

「私はむしろ…」

英彬は身をかがめ、そんな雪乃の頬へと口づけた。

「お前を留学させることに興味があるかな？」

一度は英彬が雪乃を手放したくないというエゴイズムから反対し、そのまま立ち消えになっていた話だ。

だが、できることなら雪乃には本場でのオペラを観せ、経験も積ませてやりたかった。

「僕は…」

首を傾け、さらに深い口づけをねだりながら、雪乃は答えた。

「どこであっても、あなたの側にいられればいい…」

「…そうか」

口づけを深めながら、英彬はほっそりした青年の身体を腕に抱きとってやる。

「ならば、一緒にヨーロッパをまわってみるのも、悪くないかもしれないな…」

看板役者を何年か欧行させると聞けば、支配人はきっと渋るだろうが…、と英彬は雪乃に囁いた。

戯曲

銀座の洋食店で、仁科千尋《にしなちひろ》は黒木恭之《くろきたかゆき》や花房拓臣《はなふさたくみ》とテーブルを囲んでいた。ここのところ、仕事ですれ違いが続き、三人で顔を合わせること自体がずいぶん久しぶりでもある。

一高《いちこう》時代はずいぶん一緒につるんでいたのにね…、とさっきもやさしい顔を持つ黒木が笑ったばかりだった。

出されたばかりのカツレツにナイフを入れながら、黒木が仁科の顔を覗き込んでくる。

「聞いたよ、仁科。この間出た本、戯曲《ぎきょく》化っていう話が上がってるんだってね？」

ああ、とエログロ作家の名を取る、仁科は応じた。

この作風が災《わざわ》いして、厳格な父親からは勘当を言い渡された身だ。

「戯曲っていうと、また俺とは畑違いだからね。いったい、どういうものになってくるんだか、見当もつかないけれど」

温かなポタージュのスープをスプーンで口に運びながら、仁科は慎重な答えを返す。

黒木は自分のことのように嬉しそうな顔で、悪戯《いたずら》っぽく目を見開いた。

「でも、上演されるなんて名誉なことだよ。本を読まないような層にも、広く知られる。もちろん、受けるんだろう？」

「ひとつだけ、条件を出してるんだ。作中の歌で主人公を脅《おど》したり誘惑したりする恐ろしい魔王の役をやれる歌手を口説《くど》いてほしいってね」

いつも穏やかな花房が、静かに口をはさんだ。

「魔王って…、僕はあの本で読んだだけだけど、あの魔王は恐ろしげな影だけで、最終的に姿を見せないいんだろう？　歌声だけでそれを表現できる歌手なんて、誰か当てでもあるのかい？」

「一人だけ、交渉してもらってるオペラ歌手がいる。洋行した時にずいぶんな怪我を負って隠遁《いんとん》してしまっているっていう幻のオペラ歌手だ。あの声をイメージして、僕はあの本を書いたようなもんだ。もう一度、歌ってもらいたいって思ってね」

それで花房は少し思い当たったような顔を見せたが、黒木は嬉々《きき》として尋ねてくる。

「誰だい？　そうまで言うなら、僕も一度は聞いてみたいな、その声を」

「高塚英彬《たかつかひであき》っていうんだ。帝国オペラ座を作った高塚家の長男らしい。ずっと探してたんだが、ごく最近になってわかった。今、帝国オペラ座の看板役者になっている菊川雪乃《きくかわゆきの》の恩師らしい。菊川雪乃の歌い方自体が日本人離れしてるなとは思ってたんだけど、まさか指導してたのが高塚英彬だったとはね…」

「ああ、あの『幻のテノール』っていって、新聞に載っていた？」

そういえば…、と黒木も口許を押さえる。

「そうだ、一週間きりの公演で、チケットも完売してしまっていたが…」

新聞で公演を知り、窓口で売り切れを知らされて歯噛《はが》みした仁科はぼやく。

「しかし、高塚家っていうと、ずいぶんな大家《たいか》の人間だね。出てくれるかな？」

さすがに世間的に広く名の知られた高塚家の出身と聞いて、黒木も首をひねる。

「さぁ…、もし、本人にあの頃の歌への情熱が残っているのなら…、まんざら可能性がないわけじゃないと思ってるんだけど…、どうだろう？　菊川雪乃にはかなり熱心に歌の指導をしたみたいだから、歌を捨てたわけじゃないと思うんだよ。彼の歌が聴けるなら、多少ぐらい設定を変えてもらってもいいとは伝えてあるんだけど…」

花房はワインのグラスを持ち上げた。

「そこまで言うなら、僕も聴いてみたいな。以前、君が学生時代に話していた歌手なんだろう？」

「学生時代？」

黒木が首をかしげる。

「ほら、覚えてないか？『椿姫《つばきひめ》』を観に行ったことがあったろう？　イタリア人が主演の…」

「ああ、行ったね。とても本格的な舞台で、本場のオペラとはこうなのかと感心したやつだ」

「あの時に仁科が話してただろう？」

いつも仁科についていては、色々細やかに覚えていてくれている友人は静かに目を細める。

「…ああ、チケットを買った時に、主演は日本人だったはずだとか言っていた？　ずいぶん前の話なのに、君はよく覚えてるな」

黒木の言葉に、花房は白い歯を見せて笑う。

「黒木はさっぱり忘れてのけるよね」

「あまり細かいことは、覚えてられないんだ」

黒木もおかしそうに肩をすくめた。

花房は穏やかな目を仁科に向けてくる。

「交渉がうまくいくことを望むよ」

「僕もだ、ぜひ、君の作品を舞台で見られることを祈ってる」

続けてグラスを持ち上げた黒木に応え、仁科も二人とグラスを交わす。

「じゃあ、高塚英彬が舞台に出てくれることを祈って…」

乾杯…と、三人は声を揃《そろ》えた。

夜の王

雪乃《ゆきの》が『リゴレット』の一場を歌い終えると、男は伴奏のピアノの手を止めて言った。

「雪乃、少し休憩しよう」

「はい」

「楽にしてなさい。喉《のど》を冷やさないよう」

そう言って、首許にふわりと温かな布が巻きつけられる。手触りからして、何かずいぶん上質の毛織物でできたマフラーなのだろうかと雪乃は思った。

いつも男が身につけている香りがして、うっとりする。

声変わりしてからの雪乃に、男はこれまでのような歌曲ばかりではなく、舞台を通しての歌唱法を教えてくれるようになっていた。

いつもオペラ座でかかる演目を、歌詞や内容と共に教えてくれる。発音に関しても細かになおされることを思うと、男はイタリア語ばかりでなく、英語やドイツ語にも通じているようだった。

以前、『ニーベルングの指環』が日本ではじめて帝国オペラ座で上演された時、男はいともやすやすとそれを歌いのけてみせた。

その時、この人の声にはイタリア歌曲よりもむしろ、こんなドイツ語の歌の方が合うのではないかと思えたほど見事な歌唱力だった。正直なところ、雪乃はその時に来日していて歌っていたドイツ人歌手よりも実力は上のように思った。

雪乃はまだ声変わり直後だったため、喉を痛めるからとジークフリートを歌うことは許されなかったが、やってみろと言われてもとてもあんな声は出せない。

本当に圧倒されるほどの声量と響きで、劇場の隅々まで声が通る様子には毎日その声を聞いている雪乃も驚いた。

それに…、と雪乃はかたわらのピアノを撫《な》でた。

ピアノも巧《たく》みだ。歌曲でない曲も、造作なく弾いてみせる。

不思議な人…、と雪乃は思う。

最初に出会った時、外国の人かと思ったが音楽に関する知識や理解度に関しても、とても今のオペラ座の日本人関係者ではこの人に追いついていないように思う。二年ほど留学したというのが自慢のここの指揮者でさえ、多分、この人ほど曲に精通していない。

どんな人なのか、実際にこの目で確かめられればいいのにと、雪乃はそっと胸に手をあて、何度となくこれまでに抱いた願いをひっそりと内側に沈める。

幼い頃に触れさせてもらった顔は、鼻筋のまっすぐに通って高い、はっきりとした顔立ちだった。とてもよく整った…。

雪乃が椅子《いす》に腰かけ、男の顔を思い描いていると、男はピアノをいくらかかき鳴らした。

あ、『セルセ』の…、と雪乃はそちらに耳を傾ける。

男が歌い始めたのを聴くと、やはり以前に雪乃が手ほどきを受けた、『セルセ』の中でペルシャ王セルセが歌うアリア、『オンブラ・マイ・フ』だった。

雪乃は目を伏せる。

この男の声にはジークフリートが似合うと思ったが、木陰を愛しむやさしいアリアも、男はやわらかく魅惑的な声で歌い上げてゆく。

雪乃は半ば溜息交じりにその声に目を閉ざす。

おそらく喉馴らしもあるのだろうが、ゆったりとした耳に心地よいこの声が好きだ。

ただ、こうしてやさしく歌われるだけで魅了される。

なめらかに上がってゆく豊かな声に思わず声を沿わせてみたくなり、雪乃は男の声に重ねて歌ってみる。

男は声を重ねた雪乃の方に顔を振り向けたようだった。何となく、笑ったような気配がする。

斉唱を許されたこともあり、雪乃はそっと男の声に声を乗せ、絡《から》ませてゆく。

戯れかかるように歌いかけてみると、それをゆるやかに受けとめるような呼応がある。

嬉しくなって、雪乃も思わず笑っていた。

「休んでいろといったのに…」

歌詞が途切れたところで、男が責めるように呟《つぶや》いた。

だが、笑いの潜んだその声を聞くと、共に声を合わせて歌うことは許されたのだとわかる。

雪乃が窺うような顔を男の方へと向けると、さらに促すように男は最初へと旋律を戻し、今度は完全に雪乃の方に顔を振り向けて歌い始めた。

その声に、そっと自分の声を乗せてみる。

やわらかく受けとめるように、男が即興で下のパートを取りはじめた。

こんなこともできる人なのだと驚くと同時に、自分の声が下から支えられることが楽しくて、雪乃も男の方に微笑《ほほえ》みかけながら先を続ける。

短い歌だが、共に歌を紡《つむ》ぐ時はとても楽しくて、曲が終わるのが惜しいようにさえ思えた。

歌い終わりを惜しく思ったのは男も同じだったのか、男はそのままピアノをいくらか爪弾き、次は雪乃の好きな『アメージング・グレース』を弾き出す。

アメージング・グレース…、と誘いかけるように歌い始められ、雪乃は目を細めるとその声に再び自分の声を重ねてみた。

それが当然のように男は下のパートを取り出す。

かつてこの曲を教えてもらった時には、ただ淡々と正確に特に感情を交える様子もなく歌っていた男も、今日は以前よりも伸びやかに深さのある声で雪乃の下支えをしてくれる。

豊かな声でしっかりと受けとめられていると思うと、自然、笑みもこぼれた。

二人で声を重ねるのがあまりにも心地よくて、その瞬間は技巧すら忘れた。

この人は…、と雪乃は普段よりも高みへと声を伸ばす。それを追うように、男の声が雪乃の声に絡んでくる。

この人はおそらく、雪乃を導くために現れた…、と雪乃は歌う。

人の退《ひ》けたこの劇場を支配する夜の王…、とても豊かな歌声で雪乃の世界を彩る、ただ一人の王…、と幸福感に満たされながら雪乃はただ歌った。

あとがき

どうもこんにちは、かわいです。

今回のお話は、十年ほど前に同人誌という形で書いていた話を色々改稿したものです。五年前にリンクスさんから出していただいた『人でなしの恋』という話（当時の挿絵も金《かね》ひかる先生）とも、少しリンクした夜のお伽噺風をイメージしています。

あらすじでお察しの方もいらっしゃるかもしれませんが、話のベースはアンドリュー・ロイド・ウェーバーの『オペラ座の怪人』で、クリスティーヌはどうしてファントムを選んでないの？…、と思ったことに端を発しております。…というより、劇団四季で以前に二回も舞台を見ていたにもかかわらず、シュマッカー監督の『オペラ座の怪人』を観に行くまで、ずっとクリスティーヌはファントムと共に生きるんだと思ってました。

間違いなく、四季で最初に見た芥川英司《あくたがわえいじ》さん（ここで名前を出してよいのかよくわかりませんが）のファントムがあまりに色っぽくて素敵だったので、ファントム最高！　で刷り込まれてしまったせいだと思います。結果的に非常に紳士でしたしね、ファントム。

映画の中のジェラルド・バトラーのファントムも野性的な感じでよろしゅうございましたが、映画版はラウルも素敵だったので、財産とか見た目とか将来性とか総合するとラウル選んでも仕方ないかな…、と思ってしまう汚い大人ですみません。

英彬《ひであき》の声に関しては、話を起こす時にイメージした方は何人かいて、総合的には複数の方の声のイメージをあわせた感じです。雪乃《ゆきの》は英彬と同じテノールでも、かなり若く優しい感じのテノールをイメージしてます。


今回、名テノールと呼ばれる人達の歌を色々聴いてみたんですが、一口にテノールと言っても、色んな声があるんですね。自分がこの人好きだなぁと思っても、テクニックがないとか、声を投げ過ぎとか、ハイCが出せないくせに…、とか評されているのをみると、私はテクニックがどうとか語れるほど詳しくないから、もうテノールで誰が随一なんて言わず、声や歌い方が好きか嫌いかで選んでかまわないんだろうという結論に至りました。

個人的にはテノールでもわりに重く強めの声が好きなようで、少し前の歌手になってしまいますが、マリオ・デル・モナコとフランコ・コレッリが好きです。特に二人共、モノクロで『Nessun dorma（誰も寝てはならぬ）』が残っているんですが、どっちも甲乙つけがたいほど好きです。

マリオ・デル・モナコは『黄金のトランペット』と呼ばれた歌手で、その声量の凄まじさに、部屋の中で歌うとシャンデリアのガラスが震えたとか…。本当に他の歌手に比べて、響きのある声をはるかに楽々と出してるように見えます。『Nessun dorma』を歌いあげた時の楽しげな表情が何ともいえない。こんなにすごい声が出て、歌もドヤ顔で楽しげに歌ってるのに、舞台前には極度の緊張で「もう無理」「もう失敗する」「今日で歌は最後にする」って口走ってたとか…。

フランコ・コレッリは画像検索していただくとわかりますが、面長で本当に見た目も素晴らしい。美形な上に長身で、非常に舞台映えがしたらしいのですが、確かに『Nessun dorma』を歌っている映像を見ても、こんな衣装、この人以外は似合わないだろうなっていう京劇並みにファンタジーチャイナな衣装が怖いぐらいに似合う。燕尾服着てオーケストラと共に歌っているカラー映像も見ましたが、背筋の伸びた立ち姿がおそろしく端正です。古今東西、燕尾服がこんなに様になる人って、そうそういないんじゃないでしょうか。この方も一説には舞台恐怖症で引退したという話もあるそうです。

モナコにしてもこのコレッリにしても、こんなに実力あるのにどうして？…、と不思議に思いますが、きっと人前で素晴らしく歌い上げるには、素人には想像もできないところで凄まじい苦悩があるんでしょうね。

最近のテノール歌手では、ここで名前を挙げていいのかわからないですけど、新撰組の大河ドラマの主題歌を歌っていた、ジョン・健《けん》・ヌッツオが好きです。先の二人とは全然声種が違って、もっと若々しくてなめらかな、張りと伸びのある声ですが、ちゃんと奥行や深み、色気もある。この人も『Nessun dorma』が有名で、何かというとこの歌を歌っているイメージがあるのですが、個人的には『ライオンキング』の主題歌や『Time To Say Goodbye』みたいなポピュラーソングや、『赤とんぼ』のような日本語の歌もすごくいいなと思ったので、その種のCDを出してくれないかなって思ってます。あと、『人知れぬ涙』とかもすごくいいんで、本当にもっともっと色々歌って聴かせて欲しいです。

そして、『人でなしの恋』に続き、挿絵をいただいた金ひかる先生。今回は本当に繊細なタッチの表紙をありがとう、ありがとうです。金さんとは、前に学園ものでご一緒した時のポップで可愛い印象があるのですが、今回はうってかわってとても細やかな雰囲気に仕上げてもらえて嬉しいです。英彬がすごく端整で繊細、かつ傲慢そうな夜の王様っぽくて、かっこいい！　革の仮面なんて、文章で書くには簡単だけど、絵にはとてもしづらいのを見事に描き上げていただいて、しみじみすごいなぁ…と。個人的に表紙の英彬の杖がすごくツボです。とても無理な進行でお願いしてしまって、すみませんでした。

担当さんにも、お疲れ様でした。何とか無事に本になってよかったです。

ここまで読んでいただいた皆様方にも、どうもありがとうございました。自分ではとても気に入っている話ですので、少しでも楽しんでいただけると嬉しいです。

かわい有美子《ゆみこ》

初出

金の小鳥の啼く夜は	同人誌「小夜啼鳥の啼く夜は」「小夜啼鳥の啼く夜明け」
	(2005年10月発行)を大幅加筆修正
夏の訪れ	書き下ろし
戯曲	書き下ろし
夜の王	書き下ろし

LYNX ROMANCE

小説原稿募集

リンクスロマンスではオリジナル作品の原稿を随時募集いたします。

募集作品

リンクスロマンスの読者を対象にした商業誌未発表のオリジナル作品。
（商業誌未発表のオリジナル作品であれば、同人誌・サイト発表作も受付可）

募集要項

<応募資格>

年齢・性別・プロ・アマ問いません。

<原稿枚数>

４５文字×１７行（１枚）の縦書き原稿、２００枚以上２４０枚以内。
※印刷形式は自由。ただしＡ４用紙を使用のこと。
※手書き、感熱紙不可。
※原稿には必ずノンブル（通し番号）を入れてください。

<応募上の注意>

◆原稿の１枚目には、作品のタイトル、ペンネーム、住所、氏名、年齢、電話番号、メールアドレス、投稿（掲載）歴を添付してください。
◆２枚目には、作品のあらすじ（４００字～８００字程度）を添付してください。
◆未完の作品（続きものなど）、他誌との二重投稿作品は受付不可です。
◆原稿は返却いたしませんので、必要な方はコピー等の控えをお取りください。
◆１作品につき、ひとつの封筒でご応募ください。

<採用のお知らせ>

◆採用の場合のみ、原稿到着後６カ月以内に編集部よりご連絡いたします。
◆優れた作品は、リンクスロマンスより発行させていただきます。
原稿料は、当社既定の印税でのお支払いになります。
◆選考に関するお電話やメールでのお問い合わせはご遠慮ください。

宛先

〒151-0051
東京都渋谷区千駄ヶ谷４−９−７
株式会社　幻冬舎コミックス
「リンクスロマンス　小説原稿募集」係

LYNX ROMANCE イラストレーター募集

リンクスロマンスでは、イラストレーターを随時募集いたします。

リンクスロマンスから任意の作品を選び、作品に合わせた
模写ではないオリジナルのイラスト（下記各1点以上）を描いてご応募ください。
モノクロイラストは、新書の挿絵箇所以外でも構いませんので、
好きなシーンを選んで描いてください。

1 表紙用 カラーイラスト

2 モノクロイラスト（人物全身・背景の入ったもの）

3 モノクロイラスト（人物アップ）

4 モノクロイラスト（キス・Hシーン）

募集要項

＜応募資格＞

年齢・性別・プロ・アマ問いません。

＜原稿のサイズおよび形式＞

◆Ａ４またはＢ４サイズの市販の原稿用紙を使用してください。
◆データ原稿の場合は、Photoshop（Ver.5.0 以降）形式でＣＤ－Ｒに保存し、
出力見本をつけてご応募ください。

＜応募上の注意＞

◆応募イラストの元としたリンクスロマンスのタイトル、
あなたの住所、氏名、ペンネーム、年齢、電話番号、メールアドレス、
投稿歴、受賞歴を記載した紙を添付してください（書式自由）。
◆作品返却を希望する場合は、応募封筒の表に「返却希望」と明記し、
返却希望先の住所・氏名を記入して
返送分の切手を貼った返信用封筒を同封してください。

＜採用のお知らせ＞

◆採用の場合のみ、６カ月以内に編集部よりご連絡いたします。
◆選考に関するお電話やメールでのお問い合わせはご遠慮ください。

宛先

〒151-0051 東京都渋谷区千駄ヶ谷４－９－７
株式会社　幻冬舎コミックス
「リンクスロマンス　イラストレーター募集」係

この本を読んでの
ご意見・ご感想を
お寄せ下さい。

〒151-0051
東京都渋谷区千駄ヶ谷4-9-7
(株)幻冬舎コミックス　リンクス編集部
「かわい有美子《ゆみこ》先生」係／「金《かね》ひかる先生」係

リンクス ロマンス

金の小鳥の啼く夜は

2015年3月31日　第1刷発行

著者……………かわい有美子《ゆみこ》
発行人…………伊藤嘉彦
発行元…………株式会社　幻冬舎コミックス
〒151-0051　東京都渋谷区千駄ヶ谷4-9-7
TEL 03-5411-6431（編集）
発売元…………株式会社　幻冬舎
〒151-0051　東京都渋谷区千駄ヶ谷4-9-7
TEL 03-5411-6222（営業）
振替00120-8-767643
印刷・製本所…株式会社　光邦
検印廃止

万一、落丁乱丁のある場合は送料当社負担でお取替致します。幻冬舎宛にお送り下さい。本書の一部あるいは全部を無断で複写複製（デジタルデータ化も含みます）、放送、データ配信等をすることは、法律で認められた場合を除き、著作権の侵害となります。定価はカバーに表示してあります。

©KAWAI YUMIKO, GENTOSHA COMICS 2015
ISBN978-4-344-83366-1 C0293
Printed in Japan

幻冬舎コミックスホームページ　http://www.gentosha-comics.net

本作品はフィクションです。実在の人物・団体・事件などには関係ありません。